로크미디어가
유혹하는
재미있는 세상

ROK
MEDIA
로크미디어

이것이 법이다

이것이 법이다 75

2019년 11월 18일 초판 1쇄 인쇄
2019년 11월 21일 초판 1쇄 발행

지은이 자카예프
발행인 이종주

총괄 김정수
경영 지원 배진경 임혜솔 송지유

기획 이기헌 왕소현 박경무 이승제
책임 편집 최전경

발행처 (주)로크미디어
출판등록 2003년 3월 24일
주소 서울시 마포구 성암로 330 DMC첨단산업센터 3층 318호, 319호
Tel (02)3273-5135 **편집** 070-7863-8592 **Fax** (02)3273-5134
홈페이지 rokmedia.com **E-mail** rokmedia@empas.com

ⓒ 자카예프, 2015

값 8,000원

ISBN 979-11-354-3714-4 (75권)
ISBN 979-11-255-9575-5 04810 (세트)

이것이 법이다

75

자카예프 장편소설

로크미디어

CONTENTS

"그러니까 여기에 사인을 받아 오라는 거죠?"

전채아를 비롯한 지역의 몇몇 사람들을 고용해서 시킨 것.

그건 다름 아닌 경호 계약서.

"네, 꼭 받아 오셔야 합니다. 이 지역에 대한 경호니까요."

"그게 중요한가요?"

"중요합니다. 이게 언론에 나가면 언론에서 이 지역을 대대적으로 때릴 겁니다."

"어째서요?"

"치안 민영화 지역이라고 우리는 광고할 거거든요."

"그거…… 어감이 영 안 좋은데……."

민영화.

공적인 기업 따위를 개개인에게 넘기는 행동.

물론 그게 마냥 나쁜 건 아니다.

방만 경영을 방지하고 제대로 된 시스템을 배우게 하려면 때로는 민영화해야 하는 경우도 있다.

"지금은 어감이 안 좋지요."

문제는 전 정권과 현 정권이 닥치는 대로 다 팔아먹고 있다는 거다.

철도 민영화, 공항 민영화, 심지어 의료 민영화까지, 돈만 준다고 하면 뭐든 팔아먹고 있다.

"그게 중요한 겁니다."

이 지역에 대한 보호 계약을 경호 회사와 체결한다.

그 후에 이 지역의 치안을 그 경호 회사가 책임진다.

그게 노형진이 구상한 설계였다.

"그게 가능한 건가요?"

전채아는 이해가 가지 않았다.

경호라는 것은 기본적으로 개인에 대한 보호가 아닌가?

물론 지역에 대한 보호라는 것을 들어 본 적도 없지만.

"법적인 맹점이지요."

"법적인 맹점?"

"네, 지역에 대한 경호, 그러니까 방어는 불가능한 게 아닙니다."

가령 부자들이 경호를 요구할 때 자신뿐만 아니라 자신의 집도 요구한다면 그 집도 경호 대상이 된다.

"그리고 경호의 대상이 어디까지인지 법으로 정해져 있지는 않지요."

"으음……."

"즉, 이 지역 주민 대다수가 동의한다면 지역 전체가 경호 대상이 될 수 있습니다."

"돈은요?"

"지역 주민이 십시일반 모아야지요. 아마 한 집당 만 원 정도면 충분할 겁니다."

한 집당 만 원이라고 해도 이 지역에 4천 가구면 4천만 원이다.

그리고 이 지역에 고작 그 정도만 살 리 없다.

"그 정도면 경호 회사 입장에서는 해 볼 만하지요."

"그런 회사가 있어요?"

"있습니다."

다름 아닌 한만우의 회사다.

조폭들이 가장 많이 쓰는 양성화 방법이 경호 회사니까.

물론 보통은 그저 용역이지만, 그렇다고 해도 허가가 난 이상 경호하지 말라는 법은 없다.

"5천 정도만 나와도 충분히 할 만하죠."

사람들을 투입해서 순찰을 돌고, 이상이 있으면 바로 제압하는 것.

"하지만 이해가 안 가는 게 있는데……."

"편하게 물어보셔도 됩니다."

"평생 그럴 수는 없잖아요?"

"없죠."

"그런데 왜 한다는 거죠?"

"그래서 제가 아까 말하지 않았습니까, 중요한 것은 민영화라고."

"네?"

"민영화라는 단어는 법적으로 누구에게 귀속된 게 아니거든요, 후후후."

적호경호, 홍행동에 치안 민영화 사업 시작

적호경호, 치안 확보를 위한 민영화 오픈

민영화, 의료를 넘어 치안까지?

적호경호는 한만우가 만든 경호 회사다.

물론 당연히 소속된 사람들은 한때 조폭이었던 사람들이다.

그러니 정상적인 경호 훈련을 받은 건 아니다.

"하지만 지역을 돌면서 견제를 하는 데에는 충분하죠."

노형진이 히죽 웃었다.

"그건 알겠는데 왜 하필이면 민영화인가?"

"아, 그 단어요? 엄밀하게 말하면 민영화는 아니죠."

경호 업무가 민영화가 된 게 아니듯이, 그것도 엄밀하게 말하면 경호의 확장이지 민영화는 아니다.

"하지만 정부에 압박을 주기 위해서지요."

"압박?"

"언론에 민영화라고 공표해 버리면 정부 입장에서는 그걸 부정해야 합니다. 치안이란 정부의 가장 큰 책임입니다. 그런데 치안이 민영화되었다고 생각해 보십시오. 국민들이 정부를 인정할까요?"

"으음…… 할 리 없지."

"아마 지지율이 사정없이 떨어질 겁니다."

농담이 아니다.

이미 민영화라는 이름이 들어가자마자 정부의 지지율 지표는 바닥으로 곤두박질치고 있는 상황이었다.

"제가 노리는 게 그겁니다. 단어일 뿐이지만요."

"아…… 그런 오해를 풀기 위해서는 경찰은 그 지역의 치안을 확실하게 잡을 수밖에 없겠군."

"네, 이미 증거가 넘치니까요."

정부와 경찰은 치안의 민영화는 있을 수 없다면서 펄쩍 뛰었다.

하지만 이미 그들이 신고의 접수를 거부하거나 접수된 사

건의 처리를 지연하는 것은 흔하게 있었던 일이고, 그 증거
는 수백 개가 넘는다.

"그 상황에서 우리가 등장했으니 사람들은 뭐라고 해도 안
믿을 겁니다. 물론 음모론이라고 생각하는 사람들도 있을 테
지만요."

노형진은 어깨를 으쓱했다.

"하지만 상관없죠. 중요한 건 우리가 진짜로 그 지역의 치
안을 담당하고 있다는 거니까요."

이미 인터넷 홈페이지를 열었고 거기에 실적을 올릴 것이다.

"아무리 경찰이 날고뛰어도 우리를 이기지는 못합니다."

"증거가 쌓일수록 사람들은 치안 업무가 우리에게 넘어왔
다고 하겠군."

"결국 경찰에게 남은 건 하나뿐입니다."

그 지역을 싹 밀어 버리는 것.

⚖️

"이게 무슨 말도 안 되는 소리냐고!"

인터넷에서 떠도는 치안 민영화라는 소리는 말도 안 되는
개소리다. 당연히 경찰과 정부는 항의했다.

그리고 적호경호에서는……

이것이법이다

─단어의 사용에 있어서 오해가 있었습니다. 치안 민영화가 아닌 치안 민간화입니다.

……라고 발표해 버렸다.

"민영화나 민간화나!"

사람들이 보기에는 도긴개긴이다.

"그 새끼들 당장 잡아들여!"

"무슨 죄로요? 서장님, 저희도 잡아들이고 싶지만 그들이 잘못한 건 하나도 없습니다."

그들은 지역 주민들과 정식으로 계약을 맺고 그 지역에 대한 순찰 및 치안 확보 업무를 하는 중이었다.

지역 백수들은 자신들의 책임을 다했고, 안 그래도 지긋지긋한 폭력에 고통받던 사람들은 월 만 원에 그들을 쫓아내 준다고 하자 주저하지 않고 계약했다.

"우리로서는 잡아 올 방법이 없습니다."

"뭐, 경찰 사칭 같은 걸로 안 되는 거야?"

"그들은 사칭하는 게 아닙니다."

그저 경찰을 대신해서 일하고 있을 뿐.

그들은 단 한 번도 자신들이 경찰이라고 이야기하거나 주장한 적이 없다.

문제는 그게 사실이라는 거다.

"젠장……."

서장은 얼굴이 사색이 되었다.

당장 위에서 명령을 받고 방치한 것은 사실이다.

그 지역이 재개발되면 그들도 편하니까.

그런데 이런 식으로 사건이 진행될 줄은 몰랐다.

"이제 와서 그들을 막으라고 하면……."

그들은 이미 계약했고 자기 업무를 하고 있다.

그리고 그게 인터넷에 소문이 났고, 안 그래도 경찰을 믿지 않는 현 분위기에 맞물려서 경찰은 완전히 쓰레기 취급받고 있다.

'망했다.'

그는 자신의 커리어가 여기서 끝이라는 것을 알고 머리를 부여잡을 수밖에 없었다.

⚖️

"거기 서라!"

"누가 설 줄 알고…… 커억!"

도망가던 양아치는 구석에서 나온 발을 보지 못하고 허공으로 휭 날아서 바닥을 나뒹굴었다.

"이놈! 네놈을 체포한다!"

"으아! 놔, 이 새끼들아!"

"좀 가만히 있어, 새끼야!"

조폭이 조폭을 잡는 황당한 장면을 보면서 전채아는 입을 쩍 벌렸다.

"저래도 되는 거예요?"

"일반적으로는 안 되는 거지."

직접 고용한 이상 존대할 이유가 없기 때문에 노형진은 느긋하게 말했다.

"하지만 법적으로 현행범은 신분과 관계없이 체포할 수 있거든."

"네? 그런 게 있어요?"

"그래."

물론 수배범이 아닌 이상에야 의심만 간다고 다 잡을 수는 없다.

그건 경찰도 안 된다.

경찰도 의심이 가면 동행을 요청하지 구속영장 발부 상태가 아니면 체포는 못 한다.

"그래서 우리가 사방에 카메라를 그렇게 설치한 거야."

설치한 카메라를 가지고 그들의 동선을 추적한다.

그리고 그들이 사고를 일으키면 현장에서 바로 체포해 버린다.

"하지만 사적제재는 불법이라고 하던데."

"사적제재가 아니야. 그저 현행범의 도주를 막는 거야."

실제로도 그랬다.

제압한 범인에게 폭력을 쓰거나 하지는 않았다.

다만 양쪽에서 붙잡고 경찰을 부를 뿐이다.

"김치 하세요."

노형진이 나가서 사진을 찍자 씨익 웃는 조폭들.

가운데에 잡혀 버린 조폭만 고개를 푹 숙였다.

"이야, 오늘도 한 건 했네요."

지난 며칠 사이에 홈페이지에는 이런 식으로 촬영한 사진이 계속 올라가고 있었다.

물론 범인의 얼굴은 가려지지만.

"이건 확실히 효과가 다르지."

경찰은 범인을 체포한 기록을 공표하지 못한다.

하지만 적호경호는 이야기가 다르다.

그들은 실적을 공표할 수 있는 민간 기업이다.

그리고 그 차이는 어마어마한 충격을 불러오고 있었다.

⚖️

−역시 민영화가 답인가.

−그 지역 도둑은 적호가 다 잡고 있다면서요?

−경호 팀보다 못한 짭새 클래스 보소.

인터넷에 가득한 댓글들을 보면서 경찰청장은 머리가 지

이것이 법이다

끈거렸다.

보고는 받았다.

안 그래도 국민들에게 개떡 같은 조직이라고 욕을 먹고 있던 경찰이었다.

"이 민영화인지 민간화인지 뭔지는 도대체 왜 튀어나온 거야?"

청장 입장에서는 이해가 가지 않는 상황이었다.

도대체 왜 민간 기업이 경찰 일에 끼어들었는지도 이해가 안 가지만, 더 이해가 안 가는 건 그들의 실적이 더 좋다는 것이다.

"우리가 처리 못 한 그 지역 조폭을 고작 3주 만에 박멸했다는 게 무슨 말도 안 되는 소리야?"

"그게……."

사정을 알고 있는 부하는 한숨을 푹 쉬었다.

당장 경찰의 선을 넘어서 정부의 불신으로 이어지고 있는 상황인지라.

"제대로 똑바로 말 못 해? 어? 우리가 지금 어떤 상황인지 몰라서 그래?"

그냥 치안 민영화, 아니 그들 주장대로 치안 민간화하는 것도 심각하게 경찰의 이름을 깎는 일이다.

그런데 문제는 실적마저도 뛰어나다는 것.

그 지역의 신고 기록을 놓고 지난 몇 달간의 범죄 이력과 그들이 시작하고 나서의 범죄 이력을 비교하자, 범죄율이 무려 50%나 줄어들었으니까.

"내가 지금 인터넷에서 이에 대한 글을 봐야겠어!"

인터넷상에서는 치안만큼은 민간에 넘겨서는 안 된다는 사람들과, 하는 꼴을 보면 차라리 민간에 넘기는 게 훨씬 이득이라는 사람들이 서로 싸우고 있었다.

그리고 확연하게 다른 의견이지만 그 두 의견의 공통점은…….

"경찰이 천하의 쓸모없는 조직이라는 게 말이 돼!"

민간이 고작 3주 만에 해결한 걸 지난 몇 달간 해결하지 못하고 구경만 했으니까.

"하아, 사실은…… 그 지역 서장하고 서울 지방경찰청장이…….."

결국 부하는 사실을 다 말할 수밖에 없었다.

지금 정부에서 당장 경찰 수뇌부의 목을 잘라 버리겠다고 주장하고 있었기 때문이다.

"뭐? 그러니까 땅값을 하락시키려고 거기에 범죄 조직이 활개 치게 그냥 뒀다?"

"죄송합니다. 이제야 알아서…….."

"이 새끼들 미친 거 아냐!"

이게 바깥으로 드러나면 진짜로 경찰 민영화라는 소리가 나올 수도 있다.

사실 경찰 조직이 무능한 것은 한두 해 문제가 아니니까.

현재는 도둑 대신에 국민들을 때려잡는 데 더 능숙한 조직이 경찰일 정도니까.

하지만 그게 알음알음 아는 것과 외부에 드러나는 것은 전혀 다른 문제다.

"일단 징계를……."

"징계? 징계? 이 새끼들아! 이제 지금 징계로 넘어갈 일이야? 당장 경찰을 총동원해서 도둑놈들을 잡아야지!"

"그건…… 좀 무리입니다. 인원도 부족하고……."

"야, 이 새끼들아! 인원이 중요해!"

청장은 길길이 날뛰었다.

"당장 경찰 총동원해! 조폭이든 뭐든 다 좋으니까 어떻게 해서든 실적 올려! 실적 올린답시고 짱 박혀서 딱지나 떼는 새끼들은 내 손에 죽는다! 알았어!"

청장의 분노는 하늘을 찌르고 있었다.

⚖

"어? 이건 생각 못 했는데요?"

노형진은 묘한 기분이 들었다.

그가 지역 민간 치안 회사를 만든 것은 사실이지만 그건 어디까지나 경찰에 엿을 제대로 먹이려고 한 행동이었다.

그래서 경찰은 실추된 명예를 되찾기 위해 관련자들을 모조리 잡아들이고 있었고.

물론 그들은 하나같이 억울함을 주장하고 있지만…….

하지만 노형진이 예상하지 못한 것은, 진짜로 치안을 민간에 맡기고자 하는 곳이 등장했다는 것이다.

"부자 동네니까."

"부자 동네요?"

"그래. 웃기지만 부자들은 경찰을 믿지 못하네."

"그건 알지요."

"그리고 부자들은 신고할 수 없는 돈을 가진 경우도 많고."

"아아."

한국의 치안은 경찰의 책임이다.

하지만 부자들은 경찰에 대한 믿음도 없거니와, 주변에 말할 수 없는 돈을 가진 경우도 상당히 많다.

"결과적으로 말해서, 자신들을 지킬 치안 부대가 필요하다고 생각한 모양이야."

"경비원이 있지 않습니까?"

"경비는 집만 지키지, 수사는 하지 않지 않나."

"음……."

"그렇다고 그때마다 다른 조직을 동원하자니 쉬운 것도 아니고."

"그건 그렇지요."

"그러니 아예 자네들에게 맡겨 둘 생각인 모양이야."

"하지만 이번 실적은 사실 운이 좋은 거 아닌가요?"

그들이 노리는 게 뭔지 알고 있고 좁은 구역에 몰려 있기 때문에 그들을 잡는 건 어렵지 않았다.

그들을 현행범으로 붙잡고 경찰을 부르는 거야 쉬운 일이니까.

하지만 다른 지역은 아니다.

"그게 중요한가?"

"네?"

"중요한 건 수사를 하는 존재가 있다는 걸세. 경찰에게 말하지 못할 정보를 가지고 말이야."

"아……."

노형진은 그 순간 아차 싶었다.

'그것도 중요하지.'

경찰에 말하지 못하는 사건을 해결해 주는 존재.

보통은 흥신소에 맡긴다.

그러나 그러면 대부분 무식하게 주먹으로 끝나는 경우가 많다.

"하지만 애매한 사건들도 많거든. 그런 걸 맡기고 싶은 모양이야."

노형진은 눈을 찌푸렸다.

"반갑지는 않군요."

"의도하지 않게 새로운 사업거리를 찾았잖나? 그런데 왜?"

"그 정도로 경찰이 믿음을 받지 못할 줄은 몰랐으니까요."

"아, 그렇군."

"일단 그들의 의견은 알겠습니다만 그건 무리일 듯합니다."

"무리?"

"네, 그들은 경호 업체지 탐정이 아니거든요. 한국에서 탐정 일은 불법입니다. 정확하게는 관련 법이 없습니다. 그래서 다른 법에 엮여 버릴 가능성이 너무 높습니다."

"하지만 홍행동은 이미 보호하고 있지 않나?"

그렇다.

한 지역에 대한 경호 업무를 위임받고 그 지역에서 순찰하는 도중에 현행범을 체포하는 것은 불법이 아니다.

"보호만 하는 거죠, 수사를 하는 게 아니라. 현행범은 누구나 체포할 수 있으니까요. 카메라 설치도 불법은 아니고."

"하지만 수사는 다르다 이거군."

"네, 그건 불법입니다. 공소권도 없고요. 추적해서 체포할 수는 있습니다. 하지만 신고할 수도 없다면서요?"

"아…… 그렇군."

추적해서 체포할 수는 있다.

그런 일을 하는 자들도 분명히 존재한다.

"하지만 결국 처벌하기 위해서는 경찰을 불러야 합니다."

하지만 저들은 그걸 원하지 않는다.

그러면 남은 것은 단 하나.

이것이 법이다

"우리 쪽에서 직접 처벌해 달라고 하겠군."

"그건 여러모로 위험합니다."

살인을 해야 할 수도 있고, 처벌을 하다가 병신이 될 수도 있다.

그렇다고 그를 무단으로 몇 년간 가두어 둘 수도 없는 노릇이다.

"그들의 목적은 알지만, 일단은 안 됩니다."

"아쉽군."

"그나저나 경찰도 막장이네요. 이 정도로 믿음을 잃어버렸을 줄이야."

"결국 자업자득이지. 그들이 요즘 뭐 제대로 도둑 잡는 걸 못 봤으니까. 그리고 애초에 가진 사람들은 경찰을 안 믿는다네."

대국민 감시 업무는 강화되었는데 정작 인원은 줄거나 그대로다.

그러니 그쪽에 우선적으로 인원을 배치하고, 진짜 치안을 확보해야 하는 부서는 엄청난 인력 부족에 허덕이고 있는 상황.

거기에다 가진 사람들은 뭐 하나 경찰에 신고하면 그게 상부로 올라간다는 것을 알고 있다.

"그러고 보니 얼마 전에 4천만 원이 털렸는데 신고 안 한 공직자도 있었지요?"

"그렇다네."

그게 정당하게 번 돈이라면 신고했을 것이다.

하지만 그렇지 않으니까 신고를 못 한 것이다.

'하긴, 부자들 집에 가면 비밀 공간 하나씩은 가지고 있다고 하니.'

노형진은 그들의 속셈이 뻔하게 보였지만 그들에게 놀아날 생각은 없었다.

"애석하게도 그들의 계획에 동참은 못 하겠네요."

"아쉽군."

"딱히 아쉬울 건 없습니다. 어차피 우리 목표는 대동이니까요. 상황이 어떤가요?"

"대략 15% 정도 구입했더군."

이미 대동은 홍행동의 땅을 15%가량 구입한 상황이었다.

"물론 차명으로 구입한 게 더 있을 테니 그보다 더 많다고 봐야겠지."

"허."

노형진은 입맛이 씁쓸했다.

"애초에 작심한 것 같군요."

"그럴 걸세. 그 지역의 재개발 문제는 아직 확정된 게 아니거든."

그런데 미리 작업한다.

그러면 답은 하나뿐이다.

"정부에서 미리 정보를 흘렸겠군요."

"그럴 거야. 그 정도 정보를 얻는 거야 어렵지 않았을 걸세."

유민택은 고민스러운 얼굴이 되었다.

정부에서 대동을 공공연하게 밀어주는 것은 비밀도 아니다. 당장 현 대통령도 대동의 장학생이라는 사실은 대부분 알고 있으니까.

"이제는 어쩔 건가?"

"재개발을 막아야지요."

"무슨 수로? 정부에서 재개발을 하려고 하는데 우리가 감 놔라 배 놔라 할 수는 없지 않은가?"

노형진은 씩 웃었다.

사실 재개발을 방해하는 방법은 간단하다.

"걱정하지 마세요. 방법은 많습니다. 애초에 재개발이라는 것 자체가 목적이 뚜렷하니까요. 결국 돈이 문제 아니겠습니까? 대동이 가진 땅이 20% 정도 된다고 해도, 아직 80% 가량의 땅이 남아 있지요."

"그런데?"

"만일 여기서 개발 호재가 터진다면 어떨까요?"

"설마……?"

"네, 재개발의 기본은 바로 적절한 땅값입니다."

재개발에는 두 가지가 있다.

진짜 재개발과 재건축.

재개발과 재건축은 전혀 다른 의미를 가진다.

"재개발은 정부 주도로 그 지역을 완전히 새롭게 만들어 내는 겁니다. 보통 신도시들이 그런 곳이지요."

"그렇지."

"두 번째 재건축은, 지역 주민들의 주도로 이루어집니다. 허가가 나오면 각 주민들이 땅을 내놓고 건설 업체가 끼어들죠."

"그건 나도 알고 있네. 설마 그 정도 모를까."

간단하게 이야기하자면 재건축을 하면 땅은 주민이, 돈은 기업이 제공한다.

재건축 지역은 대부분 단층 또는 저층의 빌라 같은 공동 주거 시설인 경우가 많다.

"그곳에 수십 층짜리 아파트가 들어오면 수익이 어마어마 하지."

"그겁니다."

"응?"

"홍행동이 딱 그 짝이지요."

"그런데?"

"그곳에 대한 재개발은 아직 발표가 안 났습니다. 아직은 비밀이지요. 즉, 재건축을 하는 데 하등 지장이 없다는 거죠."

유민택은 멍해졌다.

그러다 곧 크게 웃었다.

"으하하! 자네는 천재야! 그 재건축은 돼도 그만 안돼도 그만이군!"

"한 번에 알아들으시네요."

"당장 시스템을 만들겠네."

"과연 대동이 뭐라고 할지 궁금하네요."

진짜로 뒤통수를 맞은 대동 입장에서 무슨 말이 나올지 노형진은 궁금했다.

⚖️

"뭐라고?"

대동 한국 지사의 신동우 사장은 되물을 수밖에 없었다.

"재건축?"

"네. 저들이 흥행동에서 재건축을 하겠다고 발표하고 그쪽 지역 사람들과 접촉하고 있습니다."

"이놈들이! 설마 정보가 샌 거야?"

"그런 것 같습니다."

"큭, 이번에도 그 노형진이라는 놈 짓인가?"

"네, 아무래도 그런 것 같습니다. 그래서 그 지역에 있던 조폭들과 깡패들이 모조리 쓸려 가고 있습니다."

"끄응……."

그 지역의 땅값을 떨구기 위해 신동우는 깡패를 동원했다.

그래야 수익을 좀 더 많이 낼 수 있으니까.

그런데 그들이 엉뚱한 경호원들에게 끌려갈 줄은 몰랐다.

"경찰에서는 뭐래?"

"지방경찰청장이 어떻게 변명하고 있지만…… 경찰청장은 상당히 화가 났습니다."

"멍청한 놈들. 그러니까 돈 아낄 생각 하지 말고 더 위로 찌르라고 했잖아!"

"하지만 현 대통령인 홍안수가 너무 욕심이 많습니다. 현 경찰청장은 그의 철저한 오른팔이고요."

"빌어먹을."

홍안수는 대동의 장학생이다.

그래서 거기까지 올라갔다.

그건 그들의 계획이 충분히 성공했다는 거다.

한 가지만 빼고.

'그 새끼가 그렇게 욕심이 많은 줄은 몰랐지.'

지난번에도 같은 작업을 했는데 홍안수가 끼어들어서 숟가락을 올렸다.

아니, 수저만 올린 거면 이해라도 한다.

하지만 그는 작업한 것의 거의 3분의 1을 챙겨 갔다.

"거기에다 여론도 좋지 않아서……."

"당연하지. 경찰 노릇을 민간이 위탁받아서 하고 있는데 경찰들 분위기가 어떻겠어?"

거기에다 경호 팀은 경찰처럼 서류 작업을 하거나 승진에 매달려서 눈치를 볼 이유도 없다.

"그나저나 재건축이라니…… 이건 생각도 못 했는데?"

신동우는 진짜로 턱이라도 한 대 맞은 듯 턱을 스윽 문질 렀다.

제법 아픈 카운터펀치였다.

"이대로 가면 우리가 얻는 이익은?"

"거의 없습니다."

일단 재건축에 들어간 이상 그들의 선택은 둘 중 하나다.

그 지역이 재개발 예정지라는 걸 발표하는 것.

"그러면 우리가 사전에 정보를 얻어서 땅을 사 모은 게 드 러나겠지."

그건 현행법 위반이고, 또 사회적으로 질타를 받을 수밖에 없는 일이다.

당연히 그들뿐만 아니라 정부도 말이 나올 수밖에 없고.

"반대쪽이라도 문제군."

그걸 발표하지 않더라도 문제가 된다.

일단 발표를 하지 않는다고 해도, 재건축의 가부는 이야기 해야 한다.

그런데 그러기 위해서는 그들이 소유자라는 것이 드러날 수밖에 없다.

한 지역의 20% 가까이를 기업이 소유한다?

바보가 아니고서야 의심하지 않을 리 없다.

"그에 반해 대룡은 피해가 없습니다."

부하는 걱정스럽게 말했다.

"그렇겠지. 어차피 제대로 진행된 것도 아니고."

프로젝트 부서 하나 만들었다가 사라지는 정도고, 그건 인건비 빼고는 피해라고 볼 수도 없다.

기껏해야 2억 정도?

"어떻게 할까요, 사장님?"

"잠깐 기다려 봐."

그는 눈을 질끈 감고 생각에 빠졌다.

대룡의 재건축을 막아야 한다.

그러려면…….

"호가를 올려."

"네?"

"우리가 가진 땅을 매물로 내놓으면서 가격을 확 올려. 지금 거기 가격이 얼마나 되지?"

"평당 1,400 정도 됩니다."

"그럼 2천, 아니 4천으로 올려."

"네?"

어벙한 표정이 되는 부하.

신동우는 스윽 미소를 지었다.

"재건축은 결과적으로 그 땅을 내놓고 아파트를 받는 거랬지."

"그렇지요."

"땅이 비싸질수록 아파트 가격은 비싸지고 그 수익은 낮아진다. 대룡이 바보가 아니고서야 그 가격을 감당하지는 못하지."

"오오, 그렇군요."

"한 번에 올리지 말고 순차적으로 올려, 그게 정상가격인 것처럼. 한번 올라간 호가는 다시 안 떨어져."

"하지만 나중에 우리가 살 때 문제가 되지 않겠습니까?"

"어차피 거기는 거품이야. 아무도 관심을 안 보이면 떨어져."

"아하!"

물론 그에 속아서 들어오는 사람도 있을 것이다.

하지만 그런 것까지 그가 신경 쓸 이유는 없다.

"제법 머리를 썼어. 하지만 이쪽은 돈을 쥐고 있다고."

신동우는 머리싸움에서 이길 자신이 있었다.

⚖

"알박기라……."

노형진은 그들의 대응에 피식 웃음이 나왔다.

"알박기 하면 우리가 곤란한 거 아냐?"

"그렇지."

알박기.

재개발 지역에서 더 높은 가격을 요구하면서 재개발을 반대하는 행동.

물론 개발 업체가 터무니없는 가격으로 내놓으라고 하는

경우도 있지만, 알박기는 집주인이 터무니없는 가격으로 부르는 경우가 대부분이다.

"한 평당 4천이라니 무슨 말도 안 되는 개소리야? 거기가 강남도 아니고."

상식적으로 말도 안 되는 요구를 하는 그들의 행동에 손채림은 혀를 끌끌 찼다.

"그들의 목적은 우리가 거기서 재건축을 하지 못하게 하는 거니까. 사실 그 정도 되는 숫자가 알박기를 하면 재건축은 물 건너가지, 보통은."

"그러면 어쩌지?"

"내가 말했잖아, 보통은 물 건너간다고. 그리고 뭔가 오해한 모양인데, 대룡은 재건축 계획이 없어."

"뭐?"

"애초에 재건축 계획은 그들을 방해하기 위해 발표한 거야. 당연히 진짜로 재건축을 하지는 않지."

손채림은 벙찐 표정이 되었다.

하지만 생각해 보니 그렇다.

진짜로 재건축을 하려는 게 아니라 재건축하려는 척하면서 그들을 방해하는 것이 목표였다.

"그러면 저쪽이 방해하려는 게 의미가 없다는 거야?"

"방해하려는 게 의미가 없다기보다는, 자폭하고 있는 거지."

"자폭?"

"그래. 저쪽은 자신들이 알박기를 하면 아마 이쪽에서 물러날 거라 생각할 거야."

"음…… 그건 그렇지."

한두 명만 알박기 해도 곤란한 게 현실이다.

그런데 대동이 가진 땅의 규모는 20% 정도.

거기에 진짜 알박기를 하는 사람들까지 생각하면 그 비율은 어마어마하게 올라갈 테고, 당연히 재개발 비용은 터무니없이 높아질 것이다.

"그러니까 땅값을 올려야지."

"뭐?"

"우리는 진짜로 할 게 아니잖아. 그러면 그 땅값을 올리면 어떻게 될까? 사실 이런 상황에서는 호가라는 게 의미가 없거든."

호가.

누군가 부르는 가격.

그러니까 이 경우는 집주인들이 집을 팔기 위해 부르는 가격이 될 것이다.

"그 사람들이 담합해서 가격을 올리면 어떨까?"

"가격이 더 올라가겠지."

"그러니까 자폭인 거야."

"아하!"

노형진의 말에 손채림은 그가 뭘 노리는지 알아차렸다.

결국 대동의 목적은 이곳에 대단위 아파트 단지를 만드는 것.

그런데 땅값이 올라간다는 것은 그 비용이 늘어난다는 뜻이자 수익이 떨어진다는 뜻이다.

"하지만 우리가 나가떨어지면 그들이 다시 들어올 텐데."

"다시 들어오기야 하겠지. 하지만 누가 들어오게 해 준대?"

노형진이 씩 웃으며 말했다.

"대동이 가진 20%의 땅. 그게 문제야."

"그게 왜?"

"사람들은 땅을 많이 가지고 있다고 하면 부자라고 생각하지. 틀린 말은 아니야. 한 가지만 빼고 말이지."

"어떤 면에서?"

"대동이라는 곳은 결국 기업이야. 기업이라는 곳은 돈이 흘러야 해. 그런데 아무리 미래를 위한 투자라고 하지만 이 지역에 돈이 그렇게 묶여 있다면 대동으로서는 부담스러울 수밖에 없지."

승리에는 한 가지 방법만 있는 게 아니다.

그들의 자금 흐름을 묶어 두는 것만으로도 사실상 승리한 것이나 마찬가지다.

"그러면 설마…… 협상을 한다면서 시간을 끈다?"

"정답. 사람들은 가격을 올리기 시작할 거야. 우리도 가격을 올리라고 부추길 테고."

"허."

결과적으로 대룡은 물러날 수밖에 없다.

애초에 계획 자체도 뻥이고.

"하지만 최소한 협상은 할 수 있지."

적당히 이름뿐인 부서에서 협상을 하면서 집값의 상승을 유도할 것이다.

"시간이 길어질수록 대동은 막대한 자금이 묶이는 거지. 순간만 본 실수야. 여기에 묶여 있는 돈이 100억, 200억 단위일까?"

그럴 리 없다.

집 한 채당 아무리 못해도 4억은 할 테니까 아마 몇천억 단위일 것이다.

"그게 6~7년씩 묶여 있다고 생각해 봐."

"아……."

"전략과 전술은 전혀 다르다고. 대동은 그걸 간과한 거고."

전략은 목적이고 전술은 방법이다.

전쟁을 할 때 전략은 바꿔서는 안 된다.

하지만 전술은 상황에 따라 변경되면서 탄력적으로 운영해야 한다.

"전략적으로 봤을 때 최종 목적은 대동을 막아 내는 거지. 하지만 이 지역에서의 승리는 전술이지."

이 지역에서 대동을 몰아내는 것은 실패했다.

전쟁으로 치자면 사실상 전투에서 패배한 셈이다.

"저들이 알박기를 하면서 가격을 올리고 나가는 걸 거부한다면, 사실상 전투에서는 진 거지."

그들이 나가지 않으니까.

"하지만 전략적으로 아예 실패한 것도 아니야."

전쟁터에서도 상대방의 병력을 묶어 두기 위해 병력을 투입하는 경우도 있으니까.

이번도 마찬가지다.

이쪽에서 최소한 그 재건축을 계속 시도하는 모습을 보이면 저들로서는 알박기를 계속할 수밖에 없다.

"병력, 그러니까 어마어마한 자금이 이 땅에 묶여 있는 거지."

대룡에서는 나가는 돈이 얼마나 될까?

사실상 명목상의 재개발 팀이니 잘해 봐야 2억 정도나 될까?

하지만 대동은 수천억을 묶어 둬야 하고, 그로 인한 피해는 어마어마하다.

"그냥 쫓아내는 게 문제가 아니네."

손채림은 너무 어렵다는 듯 머리를 흔들었다.

"그런데 그런 사람들을 어디서 구해? 누가 여기서 대동의 움직임을 살피겠느냐고."

"이미 고용했잖아."

"응?"

"이 지역의 백수들, 그들의 이름을 올려 두면 되는 거야. 대룡에서 거절하겠어?"

"어…… 그러네."

그들은 집이 이 지역이다.

그러니 이쪽을 근무지로 한다면 대동의 움직임을 확실하게 볼 수 있다.

"아마 대동은 알박기 해서 우리가 물러나기를 원했겠지. 하지만 우리는 안 물러나."

그들의 돈을 묶어 둘 수 있는 전략적인 이점을 포기할 생각이 노형진에게는 없었다.

"그리고 말이지, 전쟁에는 전면전만 있는 게 아니야."

"응?"

"전쟁에는 게릴라전이라는 것이 있지, 후후후."

대동은 꿈도 못 꿀 전략을 생각하면서, 노형진은 미소를 지었다.

경제적 게릴라전

텅 비어 버린 건물과 공터.

그곳을 보면서 손채림은 가볍게 떨었다.

왠지 을씨년스러운 그 공간은 전혀 서울 한복판인 것처럼 느껴지지 않았다.

"왜 다 부숴 둔 거야?"

대동이 사 둔 건물.

그 건물들은 대부분 부서진 채로 앙상하게 뼈대만 남아 있었다.

창문도 그렇고 입구도 그렇고, 집이라고 볼 수 있는 것은 벽뿐이었다.

"이러니까 분위기가 엄청 살벌하잖아."

"살벌하지."

창문을 그냥 뺀 것도 아니고 모조리 후려쳐서 깨 버린 상황.

거기에다 문도 부수어 두고, 벽에는 붉은색으로 나가 죽으라는 글을 비롯한 기타 위협적인 말이 잔뜩 쓰여 있었다.

"그게 목적이야."

"응?"

"말했잖아, 이게 다 땅값을 떨어트리기 위한 계획이라고. 원래 여기뿐만 아니라 재개발이나 재건축 쪽도 집을 구입하면 이렇게 해. 여기 분위기가 안 좋아지면 땅값이 떨어지거든."

분위기를 안 좋게 하기 위한 것도 목적이지만, 가끔 노숙자나 가출 청소년 등이 그 집에 들어가서 생활하는 경우가 있다.

집이 비었을 뿐 생활 인프라는 그대로 다 있으니까.

그래서 그걸 막기 위해서라도 재개발이나 재건축 지역의 집들은 이런 식으로 부수어 두는 경우가 제법 많다.

"끄응, 귀신 나오게 생겼는데 귀신이 무서운 게 아니라 돈이 무섭다."

"그래, 그게 현실이지."

주변을 스윽 둘러보는 노형진.

주변에는 아무도 없었다.

하긴, 이 주변은 모조리 대동이 사 둔 곳이다.

그런 만큼 주변에 누가 있을 리 없었다.

"자, 그러면 미리 준비한 거 가지고 와. 뭔가 구분할 수 있는 건 없지?"

"없기는 한데 당황스럽다."

손채림은 툴툴거리면서 트렁크를 열고 검은색 쓰레기봉투를 꺼내 들었다.

"아니, 세상천지에 경제 전쟁의 무기로 쓰레기를 쓰는 경우가 어디 있어?"

"원래 법이라는 게 그런 거야. 자, 버려. 좀 잘 보이는 곳에다가."

"그런데 이래도 되는 거야?"

"당연히 안 되는 거지."

"그런데 이런다고?"

"누가 잡겠어?"

주변에 잡을 만한 사람은 없다.

더군다나 쓰레기 주인이 누구였는지 알아낼 수 있는 것도 없다.

설사 잡힌다고 한들 벌금 조금 내면 끝이다.

"내 참…… 주변에서 내가 쓰레기 모으니까 미친년인 줄 알던데. 그런 거 있잖아, 강박적으로 쓰레기 모으는 사람들. 방송에 자주 나오더만."

"큭큭큭."

"웃을 일이 아냐. 내가 쓰레기 모으고 다니니까 동네 아줌마들이 나를 참 측은한 눈빛으로 보더라고. 이러다 내가 방송 나가게 생겼다."

"그럴 일은 없으니까 걱정하지 마."

노형진은 잘 보이는 곳에다가 적당히 쓰레기를 뿌렸다.

그냥 쌓아 둔 게 아니라 봉투를 터트려 사방에 넓게 뿌려서 최대한 주변을 더럽게 만들었다.

안 그래도 다 부서진 집에 쓰레기가 가득해서 더 안 좋아 보이는 것이 현실.

"좋아. 알았다, 알았어."

결국 노형진을 따라 쓰레기를 뿌리는 손채림.

한참 쓰레기를 뿌리고 온 손채림은 물티슈로 손을 닦으면서 물었다.

"이쯤 되면 이야기를 해 주지? 도대체 쓰레기에 무슨 의미가 있어?"

"너, 깨진 창문 이론 알아?"

"알지. 법을 배울 때 기본 아냐?"

"그래, 창문이 깨진 차량이 버려져 있으면 사람들은 그 차량을 털기 시작하지."

썩은 사과 이론과 더불어 공공 안전의 기본 규칙이 바로 깨진 창문 이론이다.

실제로 있었던 실험으로 드러난 건데, 같은 차량을 근처에 두고 한 대는 창문을 깨 두자 그 차량은 관리되지 않는다고 생각한 절도범들이 차량의 엔진부터 타이어, 오디오까지 싹

쓸어 가 버렸다.

그런데 그 지역에 있던 다른 멀쩡한 차량은 그러지 않았던 것.

"그게 이번 작전의 핵심이야."

"그래 봤자 주변에서 쓰레기 버리는 게 끝일 거 아냐?"

누가 봐도 관리가 안 되는 곳에 쓰레기가 버려졌다.

그리고 대한민국은 쓰레기를 종량제로 운영하는 쓰레기 관리 국가.

돈을 아끼려고 하는 사람들은 그곳에다가 슬금슬금 쓰레기를 버리려고 할 것이다.

"그게 이제 시작이지."

"시작이라고?"

"그래. 이 넓은 땅이 쓰레기로 가득 차면 어떻게 될까?"

"너 무슨 생각을 하는 거야?"

"간단해. 민원을 넣을 거야."

"민원?"

"응, 후후후."

⚖️

노형진은 주기적으로 대동의 땅에 쓰레기를 버렸다.

특히 대동의 땅이지만 차명으로 의심되는 곳에 잔뜩 쓰레기를 가져다 버렸다.

물론 그 혼자서는 그곳을 채울 수 없었다.

하지만 그걸 도와줄 사람이 있었다.

"쓰레기를 버릴 곳이 있다고 소문내라고?"

"네, 아는 분들 있으시죠?"

"뭐…… 없지만 않네만."

한만우는 당혹스러운 듯 물었다.

살다 살다 쓰레기 버릴 만한 곳이 있다고 소문을 내라는 부탁은 처음이었다.

"재개발이나 리모델링 업자들은 그 쓰레기 버리는 비용이 적지 않죠. 그러니 그분들에게 소문을 내 달라는 겁니다."

"그거야 어렵지 않지."

한국은 조폭과 건설이 아주 끈끈한 선을 가지고 있으니까.

"그런데 그런다고 해서 그 지역이 바뀌나?"

"바뀐다기보다는, 대동에 엿을 먹이려고 하는 겁니다."

"대동에? 어떻게?"

"건물주에게는 관리 책임이라는 게 있거든요."

"관리 책임?"

"네, 그 건물로 인해 주변에서 피해가 발생하면 보상해야 하지요."

"그런데?"

"대동은 그 집들을 사들이고 관리는 안 하고 있습니다. 애초에 부수려고 사들인 거니까요."

"그렇지."

한만우는 고개를 끄덕거렸다.

"문제는 그곳에 쓰레기가 쌓여 있다면 그걸 치워야 하는 것도 그들이라는 겁니다. 뉴스에서 가끔 보셨죠?"

"오호, 무슨 뜻인지 알겠군."

가끔 뉴스에서 보면 건축 폐기물을 무단으로 버리고 가는 자들이 있다.

문제는 그런 건축 폐기물들을 무단으로 버리고 간다고 해도 그걸 치워야 하는 건 땅 주인이라는 거다.

폐기물 업자들이 책임 관계를 잔뜩 꼬아 두거나 기업 자체를 차명으로 만들었다가 한 건이 끝나면 그대로 날려 버리기 때문이다.

"허, 쓰레기라니."

"네, 목적이 그겁니다."

쓰레기를 잔뜩 가져다 버리면 대동은 그걸 치우지 않을 수가 없다. 아직 흥행동에는 많은 주민들이 있으니 그들이 민원을 넣으면 그 쓰레기를 치우라는 명령이 나올 테니까.

"그 땅이 무지하게 넓지요. 지금도 그 지역 주민들이 아주 열심히 쓰레기를 버리고 있을 겁니다, 후후후."

"가끔 보면 말이야, 노 변호사는 변호사가 아니라 사기꾼이 아닌가 싶어."

"뭐, 비슷하지요."

다만 사기꾼은 자기를 위해 머리를 쓰지만 그는 남을 위해 쓸 뿐.

"가능하겠습니까?"

"어려운 부탁은 아닐세."

그런 업자들이 한두 명도 아니고, 그들에게 연락을 하는 것도 어려운 일은 아니다.

그리고 그들은 자기들 꼬리를 감추는 데에도 능하고.

"그런데 주변에서 문제가 생기지 않겠나? 아무래도 도심인데."

"그래서 제가 여기에 이렇게 동선도 짜 놨습니다. 이 동선으로 접근하면 아무도 모를 겁니다."

"아주 준비성이 철저하군."

한만우는 혀를 내둘렀다.

경찰 업무를 민영화시키는 척해서 기를 쓰고 조폭을 털게 만들더니 이제는 쓰레기로 엿을 먹이겠다니.

"뭐, 내 연락 좀 해 보지. 걱정하지 마. 쓰레기 같은 건 언제나 있는 법이거든."

한만우는 자신 있게 말했다.

⚖

"이게 무슨 말이야?"

대룡이 끝까지 싸우려고 한다는 말에 이를 박박 갈던 신동우는 그다음 보고에는 기가 막혀서 말문이 막혔다.

　지금까지 이런 일을 겪어 본 적이 없었기 때문이다.

　"집마다 쓰레기가 가득하다고?"

　"네, 우리가 구입한 지역이 쓰레기장이 되어 버렸습니다."

　"아니, 어째서?"

　"그게……."

　부하 직원은 보고를 하면서도 어쩔 줄 몰라 했다.

　하지만 신동우는 그런 그를 진정시켰다.

　"좀 자세하게 설명해 봐."

　"그 지역이 방치된 지역이라는 소문이 돌았나 봅니다. 그 지역에 산업폐기물 같은 재건축 폐기물들이 잔뜩 쌓였습니다. 아무래도 업자들이 와서 대량으로 버리고 간 듯합니다."

　"허, 미친놈들."

　일본은 남에게 피해를 주는 것을 극도로 꺼리는 문화가 있다.

　그래서 빈집이라고 해도 그런 일이 거의 벌어지지 않는다.

　그런데 한국은 또 다른 모양이었다.

　"폐기물 업자뿐만 아니라 지역 주민들도 쓰레기를 버려서, 우리가 구입한 집들이 대부분 그 꼴인지라……."

　"끄응…… 미친놈들. 더러운 조센징 같으니라고."

　신동우가 한국 사람을 욕했지만 부하 직원은 뭐라고 할 수가 없었다.

그도 한국 사람이지만 이번 일은 누가 봐도 그 폐기물 업자들이 잘못한 거니까.

　더군다나 같은 한국인이라고 불편한 기분을 내비쳤다가 잘린다고 그들이 자신을 도와줄 것도 아니니까.

　"일단 신고해. 그 정도 법은 있겠지."

　"신고는 했습니다만, 사장님, 법률상 그 쓰레기는 우리가 치워야 합니다."

　"우리가 쓰레기를 치워야 한다고?"

　"네."

　"우리가 버린 것도 아닌데? 무슨 법이 그래?"

　"건물주와 토지주로서 그 관리 책임 문제가 있기 때문에……."

　"할 수 없지. 적당히 사람을 보내서 치워."

　신동우는 이때까지만 해도 누가 쓰레기 몇 봉투 가져다 버린 정도라 생각했다.

　그런 걸 사장에게 보고하는 것도 웃긴 일이라고.

　하지만 그다음 말에 자신도 모르게 벌떡 일어났다.

　"그럼 처리 비용으로 대략 65억 정도가……."

　"뭐라고! 그게 무슨 말이야!"

　6,500만 원도 아니고 65억?

　이게 무슨 말도 안 되는 소리란 말인가?

　"버…… 벌금을 포함한 가격입니다."

　"벌금? 무슨 벌금?"

"그게······."

쓰레기가 넘치기 시작하자 지역에서 민원이 들어왔고, 민원이 들어가자 해당 관청에서 쓰레기를 치우라고 그들에게 벌금을 매긴 것.

관리 책임은 집주인에게 있으니까.

"차량과 인부······ 그리고 폐기물 처리 비용 같은 걸 생각하면······."

"칙쇼! 이게 무슨 말도 안 되는 소리야! 아니, 우리가 왜 돈을 낸단 말이야!"

"관리 책임이라는 게······."

부하 직원은 눈치를 보면서 떠듬떠듬 말했다.

그 말을 들으면서 신동우는 기가 차서 말도 안 나왔다.

"그러니까 그 폐기물들을 우리가 처리해야 하는데, 65억이나 든다?"

"그······ 그렇습니다."

"이······!"

65억은 절대 적은 돈이 아니다.

깡패까지 동원해서 싼 가격에 산 집들이다.

그런데 거기에 있는 쓰레기를 치우는 데 65억이나 든다니, 지금까지 해 온 게 완전 의미가 없는 짓이 아닌가?

"관련자들은 고발했나?"

"아······ 아직 안 했습니다."

"당장 고발해! 그리고 그 업자들을 잡아내도록 해."

"네……."

대답은 했지만, 부하는 알고 있었다.

이미 폐기물들을 조사해 봤지만 특정할 만한 것은 아무것도 없음을.

출처도 불분명한 콘크리트 덩어리들로 뭘 어쩌란 말인가?

"하지만 돈은 나갈 수밖에 없습니다."

"할 수 없지."

신동우는 속으로 분노를 삭였다.

하지만 그는 몰랐다.

자신이 빠져나갈 수 없는 늪에 점점 깊이 빠져들고 있다는 사실을 말이다.

"동네 아줌마들이 대동이라면 일단 욕부터 해요."

전채아는 커피를 호로록 마시면서 말했다.

그녀는 정보원으로서 충실하게 일하고 있었다.

"얼마 전에 대동 때문에 경찰서에 갔다 왔거든요."

"오! 그래요?"

"네, 동네 주민들이 대부분 죄다 망할 놈들이라고 이를 박박 갈아요. 대동은 주변에다가 CCTV를 설치하고 난리도 아니고요. 거참, 돈도 많아요."

노형진은 속으로 씩 웃었다.

'그렇겠지.'

노형진과 손채림이 쓰레기를 버릴 때는 추적이 불가능하게 확실하게 해서 버렸다.

하지만 지역 주민들은 그랬을 리 없다.

그냥 대충 버렸고, 그러자 대동은 쓰레기를 추적해서 고발해 버린 것이다.

물론 쓰레기 무단 투기로 30만 원 정도의 벌금이 나오기는 했지만, 몇천 원 아끼려다가 벌금이 나왔으니 동네 아줌마들의 분위기가 안 좋을 수밖에.

대동 입장에서는 또 당할 수는 없으니 수억을 들여서 CCTV를 설치할 수밖에 없고.

'그럴 줄 알았지, 후후후.'

물론 노형진은 이 모든 걸 예상하고 있었고 말이다.

"그래서 이 지역에서는 대동이라고 하면 일단 색안경부터 끼고 보는 분위기예요."

"그럴 만하네요."

사실 대동은 멍청한 짓을 한 거다.

대동 입장에서는 화가 나서 쓰레기 처리 비용을 청구할 생각으로 그런 것이겠지만, 대부분은 산업폐기물이라 청구해도 인정될 리 없다.

결국 지역 주민들만 건드린 셈.

"아마 그 지역에서 다시 뭘 하기는 힘들겠네요."

"그럴걸요."

전채아는 어깨를 으쓱했다.

그녀는 설마 그 함정을 판 게 노형진이라는 것은 전혀 예상하지 못했다.

"그나저나 집을 팔고 가신 분들의 연락처는 찾으셨나요?"

"네, 찾았어요. 뭐, 동네분들이니까 주변 분들이 전화번호는 알고 계시더라고요."

제법 두툼한 수첩을 꺼내서 건네는 전채아.

"그런데 이게 중요한가요?"

"중요하지요. 이분들은 억울하게 쫓겨 간 거니까요."

"그건 그래요."

대부분 가족에 대한 위협 같은 걸 이겨 내지 못하고 이사했으니까.

"하지만 이제 와서 뭘 어쩌겠어요?"

"어쩌긴요. 계약 무효 소송을 해야지요."

"네? 계약 무효 소송요? 그게 가능해요?"

"가능합니다."

물론 조폭들이 아직 바깥에서 활동한다면 불가능하다.

하지만 그들은 노형진 때문에 현행범으로 체포당해서 죄다 수사를 받고 있는 상황.

"그들 때문에 시가의 30% 이하로 팔고 나간 걸로 알고 있는데요."

"그건 그런데…… 가능한가요? 상대방은 대동이에요."

"대동이니까 가능한 겁니다."

노형진은 미소 지으며 말했다.

"사실 개인 대 개인이라면 개개인 간의 전쟁으로 번집니다. 이런 걸 증명하고 주장하느라 시간이 오래 걸리기 때문이지요. 하지만 대동은 갑입니다. 절대적인 갑이에요."

그리고 그들이 팔았던 집들이 모조리 대동으로 흘러들어갔다.

"역갑질이라는 게 있지요."

갑과 을이라고 하지만 갑이 사회적으로 널리 알려져서 상당한 의무가 있는 경우, 도리어 을이 그걸 빌미 삼아 상대방을 압박하는 경우가 많다.

"깡패들의 겁박에 못 이겨 판 집들이 우연히도 모조리 대동으로 넘어갔습니다. 그 피해자만 수백이 넘지요. 과연 사람들은 어떻게 생각할까요?"

아마 대동은 상당히 곤란한 처지가 될 것이다.

"그리고 그때 그들이 선택할 수 있는 건 둘 중 하나죠."

토지를 그대로 돌려주거나, 추가로 돈을 더 주거나 해야 할 것이다.

"물론 안 줄 수도 있지만."

그건 이쪽과는 상관없다.

이쪽은 대동에 피해만 주면 끝이니까.

⚖️

"뭐라고? 계약 무효 소송?"

"그렇습니다. 그쪽에서 단체로 계약 무효 소송을 걸었습니다. 소송 당사자만 삼백 명이 넘습니다."

"이런 미친."

전혀 생각지도 못한 일이 터져 나왔다.

조폭들이 사라진 것이 아깝기는 하지만, 그래도 충분한 땅을 구했으니 적지 않은 이득을 본 거라 생각했다.

그런데 계약 무효 소송이라니?

"지금 기자들이 냄새를 맡고 달려들고 있습니다."

"빌어먹을! 어떻게 해서든 막아!"

"하지만 쉽지 않을 것 같습니다."

차라리 개개인의 사건이라면 막는 건 어렵지 않다.

문제는 사건 당사자, 그러니까 피해자가 무려 삼백 명이라는 것.

그들이 집단으로 모여 기자들에게 자료를 보내면서 적대적으로 나오기 시작했다.

"기자들이 적당한 보상을 바랍니다."

"보상이라니? 또 도대체 얼마나?"

신동우는 부들부들 떨었다.

일본과 다른 한국의 기자들을 관리하기 시작한 지 얼마 되지 않았다.

그런데 한국의 기자들은 욕심이 너무 많았다.

"이런저런 이야기가 있는데 아무리 봐도…… 10억 이상은 들 거라 생각됩니다."

"이런 미친 새끼들!"

"하지만 우리가 너무 불리합니다."

아무리 조폭들이 자신들에 대해 입을 열지 않는다 해도, 결과적으로 집을 산 것은 대동이다.

물론 일부 차명도 있기는 하지만 그렇다고 해도 대동이 막대한 이득을 본 것은 사실이니, 국민들의 눈에는 대동이 조폭들을 동원해서 집을 헐값에 빼앗은 것처럼 보일 것이다.

그리고 그게 사실이고.

"미치겠군. 도대체 왜 이놈들이 미쳐서 날뛰는 거야?"

"아무래도…… 새론의 솜씨인 듯합니다."

"새론?"

신동우는 움찔했다.

벌써 세 번째 듣는 이름이다, 새론.

"혹시…… 이번 사건에 나선 것도 그 노형진인가 하는 그 이름인가?"

"네, 맞습니다만."

"노형진…… 결국 그자인가."

대룡의 비밀 무기이자 지혜주머니라고 불리는 자.

다시 그 이름이 나오자 신동우는 뭔가 속에서 치밀어 오르는 느낌이었다.

"그놈의 솜씨라 이거지."

"사장님, 현 상황에서는 우리가 할 수 있는 게 없습니다."

"우리가 했다는 증거는 없잖아?"

엄밀하게 말하면 집을 팔고 나간 건 그들이다.

그 지역에서 깡패들이 깽판을 쳤고, 자신들은 그 후에 접근해서 싼 가격을 불렀을 뿐이다.

자신들이 그 깡패들을 동원했다는 증거는 그 어디에도 없다.

"이길 수는 있을 거 아니야?"

"이기는 게 문제가 아닙니다."

조폭이 활동하고, 그래서 땅값이 떨어진 것은 문제가 아니다.

문제는 그 땅을 산 게 바로 자신들이라는 것이다.

아무리 조폭들이 입을 열지 않는다고 해도 객관적으로 보면 대동이라는 기업의 이미지는 시궁창으로 처박히는 현상이 벌어질 수밖에 없다.

"빌어먹을. 일단 최고의 변호사들을 포섭해."

"알겠습니다."

"사법부 쪽에 말해서, 판사들도 우리 쪽으로 배당하라고 시켜. 절대 져서는 안 돼."

"기자들은 어떻게 할까요?"

"기자들……."

신동우는 눈을 찌푸렸다.

기자들.

마음에 안 들기는 하지만 그들이 입을 나불거리면 여러모로 곤란할 수밖에 없다.

"일단 돈으로 틀어막아."

"더 달라고 할 텐데요?"

"더 달라고 해도 별수 없지."

일단 상황이 조용해지면 그들에게 본때를 보여 줄 생각으로 신동우는 이를 박박 갈았다.

하지만 그런 그를 기다리고 있던 것은, 전혀 생각하지 못한 방향에서 들어온 강렬한 혹이었다.

띠리링.

벨 소리에 신동우는 짜증스러운 표정이 되었다.

직원은 순간 당황했다가 핸드폰을 꺼내 들고는 조심스러운 얼굴로 양해를 구했다.

"사장님, 죄송합니다. 전화 좀……."

"급한 건가?"

아무리 급하다고 해도 자신이 앞에 있는데 통화를 하겠다는 부하의 말에 기가 막힌 신동우.

"경찰 쪽에 심어 둔 정보원에게서 온 전화라서요."

"경찰 쪽에 심어 둔 정보원?"

그런 거라면 일단은 조심해야 한다.

상황이 상황이다 보니 무슨 일이 벌어질지 모르니까.

신동우는 통화하라는 의미로 손을 흔들었다.

그 손을 본 부하는 통화 버튼을 누르고 조심스럽게 입을 열었다.

"어, 그래. 무슨 일이야? 응? 뭐라고? 뭐? 그게 사실이야? 아니, 그걸 왜 이제야 연락한 거야! 아, 진짜! 우리가 미리미리 움직이라고 돈 주는 거 아니야!"

윽박을 지르려던 부하는 순간 흠칫하고는 신동우의 눈치를 보다가 황급하게 전화를 끊었다.

"알았으니까 끊어."

그가 전화를 끊자마자 얼굴을 찌푸리는 신동우.

"뭐야? 표정이 왜 그래?"

설마 무슨 일이 벌어진 걸까 하는 생각에 물어보는 신동우.

다음 순간 그의 입은 쩍 벌어졌다.

"그…… 대룡이 깡패들에게 접근했답니다."

"뭐?"

"그리고 사실을 말하면 보상을 해 주겠다고 했답니다."

"이런 미친!"

완전히 잊고 있었던 깡패들.

그들이 역으로 문제가 되는 순간이 와 버린 것이다.

"얼마요?"

"진실을 말해 주시면 20억 드리겠습니다."

노형진은 깡패들의 우두머리에게 말을 꺼냈다.

"으음……."

"어차피 실형은 피하지 못합니다. 하지만 우리가 탄원서
를 써 주고 20억을 추가로 드리는 겁니다. 아마 운이 좋다면
실형도 피하고 돈도 벌 수 있을 겁니다."

보스는 눈을 데굴데굴 굴렸다.

'그래, 고민되겠지.'

이대로는 감옥에 가게 생겼다.

대동에서 적절하게 기름칠해 놔서 경찰은 절대 안 낀다고
하더니, 그들의 약속과 다르게 엉뚱한 오해를 뒤집어쓴 경찰
이 끼어들면서 자신들만 곤란해졌다.

"20억이라……."

"당신들 뒤에 누가 있는지 압니다. 우리는 그쪽과 계약 무
효 소송을 하고 있지요."

"그래서요?"

"당신들만 증언해 주면 승리는 확실해집니다."

"으음……."

"그러니 진실을 증언해 준다면 20억을 보상으로 드리지요."

"아, 모른다니까 그러네."

"그럴 수도 있지요. 하지만 그들은 얼마를 줄까요?"

"뭐?"

"진실을 말해 주시면 됩니다. 그 보상은 20억입니다."

보스는 눈을 찌푸렸다.

20억.

저쪽에서 약속한 돈보다 훨씬 많다.

더군다나 저쪽은 자신들에게 거짓말을 했다.

경찰이 끼는 바람에 자신들이 일망타진당했으니까.

"20억…… 확실한 거야?"

"그들이 사 간 집이 수천억입니다. 어쩌면 조 단위가 넘을 수도 있지요. 그런 상황에서 그 집을 찾을 수 있다면 그 정도 돈 못 내겠습니까? 들으셨는지 모르겠지만 피해자만 삼백 명입니다."

피해자가 삼백 명이면 한 집당 천만 원만 내도 30억이다.

그리고 다시 집을 찾을 수만 있다면 그들은 기꺼이 천만 원 정도는 낼 것이다.

"삼백 명……."

잠깐 고민하던 그는 눈을 크게 떴다.

"그러면 깔끔하게 한 집당 천만 원. 30억 하지."

"그건 좀……."

"아니면 집 찾지 말고 다시 길바닥으로 가든가."

노형진은 한참 침묵을 지키다가 고개를 끄덕거렸다.

이미 이야기는 끝났다.

최우선은 집을 되찾는 것.

"좋습니다, 30억. 사실대로 진술을 해 주신다면 말이지요."

"오케이. 그렇게 하지, 후후후."

"그러면 이만."

그와 접견을 끝내고 나오자 손채림이 다가와 어이가 없다
는 듯 물었다.

"저거 진짜로 줄 거야?"

"줘야 한다면."

"끄응…… 아까운데."

"하지만 줄 필요 없을걸."

"뭐?"

"필요하면 준다고 했지, 꼭 준다고는 하지 않았어."

"그게 무슨 소리야?"

"저 자식들이 협상을 안 할 것 같아?"

"협상이라니?"

"협상 대상이 우리만 있는 게 아니잖아."

"아! 대동?"

"그래, 대동. 대동한테도 협상을 걸겠지."

저들이 진실을 말하면 대동은 엄청난 손해를 입어야 한다.

그런 상황에서 이쪽에서 무려 30억의 포상금을 제시했다.

거기에다가 탄원서까지 걸었다.

만일 예상대로 된다면 30억을 받고 그 탄원서로 집행유예를 받고 나와서 떵떵거리면서 살 수 있다.

"그에 반해 저쪽은 탄원서가 없지."

물론 변호사를 사 줄 수는 있지만, 탄원서만큼 확실한 효과를 발휘하기는 힘들다.

"그러니 저쪽에는 더 많은 돈을 달라고 요구하겠지."

"그러면 어쩌려고?"

"그러면 우리가 더 준다고 해야지. 치킨 게임을 하자는 거지, 후후후."

"치킨 게임?"

"이쪽은 줄 생각이 없으니까."

하지만 저쪽은 안 줄 수가 없다.

안 주면 조폭들은 자신들이 누구한테 고용되었는지 다 까발릴 테니까.

결국 저들은 가격을 올릴 수밖에 없고…….

"우리는 거기서 더 올리는 거지, 둘 중 하나가 나가떨어질 때까지. 아마 대동은 적잖은 금전적 타격을 입을 거야."

다만 다른 건, 자신들은 그 돈을 줄 이유가 없다는 것.

물론 그들의 증언이 있으면 쉽게 이길 수는 있지만, 없다고 못 이기는 것도 아니다.

"경매의 함정이지."

"아하, 그러네. 저들의 증언이 상품이고, 우리랑 저쪽은 손님이라는 거구나."

"그래."

이쪽은 가격을 올리는 수준으로만 반응해도 되지만 저쪽은 하늘이 두 쪽 나도 사야 한다.

문제는 이쪽이 그걸 알고 있다는 거고.

"그러니 이제는 달려 보자고, 후후후."

⚖

"얼마?"

"100억을 달랍니다."

"이런…… 개……."

신동우는 부들부들 떨었다.

처음에는 40억을 이야기하더니, 저쪽에서 50억을 부르자 이쪽에는 60억을 부르는 식의 악순환이 되어 버렸다.

"회장님…… 안 주면 우리가 큰 피해를 입습니다. 못해도 수천억대의 피해가 발생합니다."

"말도 안 되는 개소리 하지 말라고 해! 100억이라니!"

고작 깡패들에게 100억씩 준다니, 말이 안 되는 소리다.

"저쪽은 어떻게 해서든 증언을 받아 내겠다는 입장입니다."

"끄응…… 노형진, 노형진……! 이 개자식!"

신동우는 지금까지 참던 분노가 한꺼번에 터져 나오는 기분이었다.

간단한 방식이지만 저쪽은 이쪽을 확실하게 몰아붙이고 있다.

"차라리 다른 방법을 써야겠군."

"다른 방법요?"

"그래, 뇌물을 주고 풀어 줘."

"네?"

부하는 깜짝 놀랐다.

풀어 주라니.

"좋게 설명해. 일단 풀어 줘. 무슨 뜻인지 알지?"

"네."

부하는 더 이상 말하지 않고 입을 다물었다.

이 이상 이번 사건에 엮이는 것은 사절이었다.

⚖

조폭들이 풀려나자 노형진은 그들의 행동을 추적했다.

물론 그들만 추적한 것은 아니다.

"확실해? 죽이려고 하는 거 맞아?"

"맞아."

"아닐 수도 있잖아."

"상대는 대동이야. 그 뒤에 누가 있을 것 같아? 대동의 국적을 생각하면 너무 당연한 거 아냐?"

"아…… 일본이 있지."

그리고 일본에는 야쿠자가 있다.

사실상 일본의 절반을 손에 넣고 흔드는 야쿠자에 대동이 선을 안 대고 있을까?

"하지만 대동은 지금까지 상당히 이성적으로 움직여 왔잖아."

"그랬지."

노형진은 고개를 끄덕거렸다.

그건 노형진도 인정하는 바다.

성화와는 전혀 다른 스타일.

"하지만 모든 것이 법으로 해결되지는 않는 것처럼, 이성만으로는 해결되지 않는 문제도 많아. 만일 우리가 그 100억 이상을 준다고 하면 조폭들이 그냥 저쪽의 의견을 받아들여 줄까, 아니면 가격을 더 올릴까?"

"그런 문제였나?"

"조폭에게 의리라는 게 있을 리 없잖아."

문제는 차라리 그 3분의 1만 해도 야쿠자는 기꺼이 그들을 죽여 줄 거라는 것이다.

"대동 입장에서는 후환을 남겨 두고 싶지 않겠지. 그러니 결국 필연적으로 야쿠자들이 들어올 수밖에 없어. 살인이라는 게 상당히 야만적인 방식이기는 하지만, 현 상황에서 피해를 최대한 줄이면서 자신들의 이익을 찾기 위해서는 웃기게도 가장 이상적인 선택이야."

"끄응."

"이성적이라는 것이 그 사람들이 평화적이라는 말은 아니야."

도리어 이성적인 폭력이라는 것도 존재한다.

누가 봐도 자신을 해치려고 할 때 폭력으로 그걸 막으려하는 건 이성의 문제이지 폭력의 문제가 아니다.

"하지만 그들이 교도소에 있으면 야쿠자들이 해결할 수 없으니까……?"

"그러니까 풀어 준 거야."

공식적으로 대동은 그들에게 자신들의 성의를 보여 준다는 이름하에 적지 않은 뇌물을 써서 그들을 풀어 줬다.

물론 진짜로 무혐의로 만들어 준 것이 아니라 구속이 되지않도록 한 정도이지만, 그것만 해도 지금까지 구치소에 있던자들에게는 상당한 이득으로 느껴질 것이다.

"그러니 지금쯤 자신들의 바뀐 삶을 기뻐하면서 신나게 즐기고 있겠지."

조금만 있으면 100억이 넘는 돈이 들어온다.

머릿수로 나눈다고 해도 1인당 수억이다.

보스 같으면 수십억을 혼자서 챙길 것이다.

"그러니 방심하고 있을 거야. 자신들이 풀려났다는 것 자체가 대동이 힘쓰고 있다는 증거거든."

보통 사람들은 이 경우 방심할 수밖에 없다.

자신들을 설마 죽이겠느냐고 생각하기 때문이다.

"그러면 대동은 이미 야쿠자를 불렀다는 거야?"

"아마도 그랬겠지."

자신들이 정보 팀을 이끈다고 하더라도 야쿠자를 추적할 수는 없다.

더군다나 야쿠자는 노형진과 같이 사기꾼들의 채권 추심 사업을 하고 있다.

"그러니 우리가 야쿠자를 먼저 건드릴 수는 없어."

"그러면 어쩌지?"

저들이 죽게 놔둬야 할지도 모른다는 생각에 손채림은 눈을 찌푸렸다.

자신들이 먼저 경고하면 야쿠자가 좋게 보지 않을 테니까.

"하지만 우리가 조폭들을 먼저 건드리지 말라는 법은 없지."

"그게 무슨 소리야?"

"우리가 그들을 먼저 죽이려고 할 거라는 거야."

"뭐?"

너무 놀라서 입을 쩍 벌리는 손채림.

사람을 직접 죽이겠다는 말은 처음 들어 봤기 때문이다.

"아, 물론 폼으로만."

"아…… 그, 그렇지. 그런 거겠지."

"설마 진짜로 죽이겠냐?"

"휴우, 그러니까 진짜로 죽이려는 것처럼 꾸며서 그 죄를 야쿠자들에게 뒤집어씌우겠다, 이거구나?"

"그래."

그 상황에서 이쪽에서 약속대로 20억을 보장한다고 하면 그들은 증언을 하지 않을 수가 없을 것이다.

야쿠자가 이미 들어왔는지는 아직 확실하지 않다.

하지만 바로 재판이 코앞인데 뭉기적거리면서 안 들어올 리는 없다.

"그러니 적당한 사건을 일으키면 그 사건을 야쿠자에게 뒤집어씌울 수 있다는 소리지."

물론 그 사건을 누가 일으켰는지는 몰라야 하겠지만.

"하지만 그걸 어떻게 해? 그리고 무슨 수로 죽을 뻔하게 만들어?"

"죽을 뻔하게 만드는 게 아니라, 죽을 뻔했다고 생각하게 하면 되는 거야."

"어떻게?"

"기억나, 그 안에 한만우 대표님 후배가 있다는 거?"

"어…… 그랬지."

물론 높은 급수는 아니다.

하지만 그가 한만우에게 이야기한 것이 이번 사건의 시작이었으니까…….

"그 사람이 우리를 도와줄 거야."

"그 사람이?"

"어차피 그 사람도 이번 기회에 손 털려고 하더라고."

그러기 위해서는 도움이 필요하다.

그리고 그걸 도와줄 수 있는 사람이 바로 한만우고.

"어떤 식으로 도와줘?"

"그가 이번에 작은 가게를 열었어. 술집이지."

"술집?"

"정확하게는 룸살롱이야."

조직폭력배가 룸살롱을 운영하는 것은 흔한 일이다.

그러니 딱히 이상한 것도 없는 일.

"당연히 그런 곳에서는 파티가 벌어지겠지."

공짜 술에 공짜 여자가 있는 파티에 조폭들이 안 갈 리 없다.

당연히 우르르 몰려가서 죽어라 부어라 마셔라 할 것이다.

"그곳을 습격한다 이거네?"

"습격은 안 돼. 그건 흔적이 남으니까."

"그러면?"

"그날 보면 알아. 후후후."

습격을 할 수는 없다.

하지만 그들이 화가 나게 만드는 방법은 무궁무진했다.

"크어……."

"드르렁……."

룸살롱에서 술에 취한 사람들은 정신을 놓고 잠들어 있었다.

그걸 보며 한만우의 후배는 씁쓸하게 말했다.

"이래도 될까요?"

"문제 될 게 있나요?"

"없습니다만……."

사실 애초에 이 술집은 망한 곳이다.

그래서 이 내부 기자재들도 다 뜯어내고 리모델링을 해야 했다.

노형진은 이곳을 그 후배의 이름으로 얻어서 살짝 불을 놓을 생각이었다.

"연기가 꽉 차면 정신 좀 차릴 겁니다."

"하지만 죽지는 않겠지요?"

"그럴 일은 없습니다. 입구에만 불을 놓을 거니까요. 여기에 처음 온 야쿠자들이 여기에 다른 통로가 있다는 건 꿈에도 생각 못 할 테니."

"야쿠자라……."

계획을 알고 있던 후배는 씁쓸하게 웃었다.

"아쉽나요?"

"아쉬운 건 아닙니다만."

애초에 한탕 하고 뜨려고 시작한 일이다.

하지만 일이 이렇게 꼬일 줄은 그도 몰랐다.

만일 한만우가 아니었다면 그는 기회를 다시 잡기는커녕 평생을 쫓기며 살 수도 있었다.

"기분이 묘해서요. 한때 제 가게를 가지는 게 꿈이었거든요."

작전이라고 하지만 진짜로 자기 가게였다.

그런데 그걸 불태워야 한다니.

"그러니까 가지셨잖습니까, 이 가게?"

"네?"

"가게라는 것은 건물이죠, 이 실내 내장재가 아니라."

"그 말씀은……."

"이 가게가 나빠서 망한 게 아닙니다."

위치 자체는 나쁘지 않다.

하지만 실내 내장재나 장식이 너무 오래되어서 망한 것이다.

어차피 여기서 가게를 내려면 대대적인 리모델링이 필요하다.

"설마……."

"당신 가게입니다. 아, 물론 제 투자분에 대한 지분은 주셔야겠지만요."

후배의 얼굴에는 벅찬 감동이 밀려왔다.

물론 노형진이 마냥 착해서 그런 게 아니다.

'입은 확실하게 다물게 해 놔야지.'

만일 야쿠자들이 이 사실을 알면 뭔 짓을 할지 모르니까.

그러기 위해서는 그를 같은 편으로 만드는 게 최선이었다.

더군다나 불이 났는데 그대로 빼 버리는 것도 의심스럽고 말이다.

"자, 그러면 시작할까요?"

"네."

후배는 고개를 끄덕거리고 입구로 나갔다.

그리고 잠시 후 돌아왔을 때, 그의 얼굴은 누군가에게 쥐어 터진 듯 피가 흐르고 있었다.

그걸 본 노형진은 문을 곁눈질하며 말했다.

"그럼 전 먼저 대피해 있지요."

"잘 부탁드립니다."

후배는 노형진이 나간 후 심호흡을 했다.

얼마 뒤 건물의 바깥에서 넘실거리는 불빛이 보이기 시작했다.

그 불빛은 바닥에 흐르는 기름을 타고 순식간에 가게 안으로 들어왔다.

"불이야!"

"불이야!"

사방에서 들리는 고함 소리.

정작 셔터 바깥에서 난 불은 주변의 가게에서 소화기를 가지고 와서 금방 꺼졌지만, 안쪽은 아니었다.

무서운 속도로 퍼지는 불꽃.

"형님! 불입니다! 불요!"

"으음…… 무슨 소리야?"

술에 취해서 휘청거리던 보스는 고개를 들었다.

잔뜩 취하기는 했지만 불이라는 소리에 잠이 깬 것이다.

그는 코로 들어오는 매캐한 냄새에 정신이 번쩍 들었다.

"형님, 불이 났습니다! 어서 일어나세요!"

"뭐? 불? 불이라고?"

"불! 불!"

술에 취해서 잠들기는 했지만 불이라는 소리에 다급하게 일어나는 사람들.

그들의 눈에 들어온 것은 점점 몰려드는 연기와 혀를 날름거리는 불꽃이었다.

"이게 어떻게 된 거야!"

"습격을 받았습니다! 나가다가 습격을 받았는데, 그놈들이 가게 입구에 불을 났습니다!"

"뭐!"

다들 얼굴이 사색이 되었다.

이 가게는 지하다.

그 말은 가게 입구가 하나뿐이며, 탈출하지 못하면 모조리 죽을 수도 있다는 뜻이다.

"안 돼! 어서 불 꺼!"

"불을 꺼!"

술에 취한 사람들답지 않게 황급하게 움직이는 조폭들.

그들은 사력을 다해서 불을 끄려고 했다.

그러나.

"이런 젠장!"

언제 가져다 놨는지도 알 수 없는 소화기는 작동하지 않았고, 불은 양동으로 물을 뿌려서 끌 수 있는 수준도 아니었다.

"염병할!"

"이렇게 죽을 수는 없어…… 엉엉엉."

"엄마, 살려 줘!"

"제발 살려 주세요! 착하게 살게요!"

불이 점점 커져서 입구를 막았다.

바깥에서는 안으로 들어오려고 했지만 내려 둔 셔터 때문에 불가능한 상황.

"으헝헝."

죽음을 피할 수 없다는 생각에 다들 혼이 나간 그때, 가게 주인인 후배가 다급하게 입을 열었다.

"뒤쪽으로 가야 합니다."

"가면 죽어!"

"형님! 여기 2차 나가던 술집입니다!"

"뭐?"

"지하 통로가 있습니다!"

"가자!"

다급하게 지하로 내려간 그들은 다급하게 통로를 찾았지만 보이지가 않았다.

"없잖아!"

"단속에 조심해야 하잖아요!"

후배가 구석에 있는 빈 박스를 밀어내고 벽을 밀자 감춰진 문이 스르륵 움직였다.

"어서 나가! 어서!"

"살려 줘!"

서열이고 뭐고 다 때려치우고 아귀다툼을 하며 나가는 사람들.

그들이 우르르 나가자 바깥에서 그 모습을 지켜보고 있던 노형진이 미소를 지었다.

"이제 작동시켜."

"오케이."

사실 이런 건물은 죄다 스프링클러가 설치되어 있다.

의무 시설이라 없을 수가 없다.

다만 이번에는 노형진은 그걸 잠깐 잠가 둔 것뿐이다.

"살았다!"

"살았어, 흑흑흑."

손채림이 작동시킨 스프링클러는 빠르게 가게의 불을 진

압했다.

물론 그걸 알지 못하는 조폭들은 눈물을 흘리면서 생존을 기뻐했고…….

물론 안 그런 사람도 있었다.

"이게 어떻게 된 거야!"

보스는 정신을 차리자마자 누군가에게 맞아서 퉁퉁 부어 있는 후배의 얼굴에 발끈했다.

사실 그가 맞았다는 사실보다 자신이 죽을 뻔했다는 사실에 더 발끈한 거지만 말이다.

"그게, 사실은…….."

천천히 입을 여는 후배.

그리고 그 말 한마디로, 대동과 그들은 돌이킬 수 없는 강을 건넜다.

⚖

"이게 통하네?"

"야쿠자가 입국한 건 사실이거든."

시간이 좀 걸렸지만 입국 기록을 찾기는 했다.

"그런데 속아? 사실 그날 일은 야쿠자가 한 게 아니잖아."

"상관없지."

공식적으로 한만우의 후배는 자다가 깨서 담배를 피우러

나갔다가 야쿠자와 싸운 것이다.

그가 도망치면서 셔터를 내리자 야쿠자들은 불을 지른 것이고.

"불을 지른 건 어차피 외국인이니까."

한만우를 통해 야쿠자처럼 꾸민 사람들이 입구에만 살짝 불을 지르게 만들었고, 그 덕분에 그들은 야쿠자가 자신들을 산 채로 태워 죽이려고 불을 질렀다고 생각했다.

물론 처음부터 그런 것은 아니었다.

하지만 그들이 일본어를 했다는 후배의 증언이 확정적이었다.

그리고 야쿠자를 불러서 자신들을 죽일 만한 자들은 한 명, 아니 한 곳뿐이었다.

"결국 그들은 우리와 일할 수밖에 없어."

⚖

"무슨 일을 그따위로 하는 거야!"

"그쪽에서 움직인 게 아니랍니다. 다른 조직 같은데……."

"뭐? 누구?"

"모르겠습니다. 야쿠자들은 한국 실정에는 좀 어두워서……."

"빌어먹을! 일이 이따위로 꼬이다니!"

일이 꼬여도 참으로 더럽게 꼬였다.

엉뚱한 놈들이 먼저 습격을 했는데, 그쪽은 그걸 이쪽에서 보낸 야쿠자가 했다고 생각하고 있다는 것.

문제는 습격을 위해 야쿠자가 들어온 게 사실이라는 거다.

"아무래도 재판에서 증언을 할 모양입니다."

"100억 준다고 해! 그건 막아야 해!"

그 땅을 다시 빼앗기면 100억이 문제가 아니다.

최소한 수백억, 수천억의 피해가 발생한다.

"우리와 아예 이야기할 생각도 없는 모양입니다. 연락도 피하고 있고요."

"이런……."

돈을 아끼기 위해 야쿠자를 부른 것은 사실이다.

그런 일은 종종 있었고.

그런데 이런 생각지도 못한 변수라니.

"조사 결과는 나왔어?"

"아무것도 안 나왔습니다. 지문도 안 나왔구요. 그래서 우리를 더 의심합니다."

사람들이 누군가가 불을 지르는 걸 대놓고 봤다.

심지어 물적증거도 있다.

하지만 정작 지문도 나오지 않았다.

그러니 더더욱 야쿠자라는 것을 의심할 수밖에 없었다.

물론 나올 리 없다.

그들은 노형진이 한만우를 시켜서 중국에서 일시적으로 입국시킨 사람들이니까.

사람들을 속이기 위해 일본어를 녹음한 걸 품에 넣어 두고 그곳에 있을 때 틀어 두게 했고, 주변 사람들이 그들이 뭉쳐서 일본어로 대화를 했다고 증언을 했으니 애초에 방향은 일본으로 쏠리고 있었다.

'젠장…… 어쩌다…….'

당연히 경찰은 일본 쪽 입국자를 검색했고, 그 와중에 야쿠자들이 한꺼번에 들어온 것을 확인했다.

물론 조폭은 그들에게 습격받았다고 인정했고 말이다.

현주 건조물 방화라는 큰 죄이기 때문에 잡아야 정상이지만, 그들은 이미 일이 틀어진 것을 알고 일본으로 귀국한 상황.

당연히 그들이 하지 않았다는 증거 따위는 없었다.

"대…… 대표님!"

그때 문이 열리면서 파리한 얼굴로 들어오는 남자.

"또 뭐야?"

신동우는 억눌린 목소리로 말을 꺼냈다.

이렇게 다급하게 오는 걸 보니 문제가 생긴 게 분명했다.

"그게…… 주민들이 손해배상 청구 소송을 냈습니다."

"손해배상 청구 소송?"

"네, 우리로 인해 입은 재산적, 정신적, 육체적 피해를 배상하라고……."

"미치겠군."

하나가 꼬이기 시작하자 끝도 없이 꼬여만 간다.

"그런데 또 왜? 뭐가 문제인데?"

"그게…… 금액이…….""

"금액이 뭐?"

그에게서 소장을 받아 읽어 보던 신동우는 부들부들 떨었다.

"이 망할 조센징들!"

한국에 와서 처음으로 그는 감정을 통제하지 못하고 길길이 날뛰었다.

"이런 터무니없는 금액이 왜 나와?"

"저들이 가격을 올렸잖아."

"응?"

손채림은 손해배상금으로 청구된 터무니없는 비용에 이해가 안 가서 물었다가 가격을 올렸다는 말에 어리둥절했다.

"언제?"

"알박기 할 때."

"응?"

"알박기 할 때 그들이 청구한 가격이 있잖아. 우리는 그걸 인정한 것뿐이고."

"아! 맞다!"

가격을 무려 세 배 이상 올린 그들이다.

그래서 그걸 기준으로 손해배상금을 산정했다.

당연히 손해배상금은 어마어마하게 나올 수밖에 없었다.

"내가 자폭하는 거라고 했지?"

"허, 그러네."

자신들이 맞다고 인정한 금액이다.

그런데 이제 와서 아니라고 주장하기 시작하면, 결국 땅값은 터무니없이 떨어질 수밖에 없게 된다.

아니, 사실 땅값이 떨어지는 게 문제가 아니었다.

"하지만 그걸 인정하게 되면 알박기를 못 하게 되는 거지."

거기에다 소송이 길어질수록 기자들은 입을 다무는 대가로 돈을 더 달라고 할 것이다.

"대룡에서 계속 공개해 달라고 요구할 거거든."

"돈은 안 주고?"

"주려고 하는 척은 하겠지."

물론 그보다 더 많은 돈을 대동에서 내야 할 테고 말이다.

"아주 똥 밟았네, 똥 밟았어."

땅에 묶여 있는 어마어마한 돈.

그나마도 빼앗길 수밖에 없는 상황이다.

물론 돌려준다고 해도 그중 상당수는 손해배상으로 털릴 위기이고, 사건을 무마하기 위한 돈은 계속 들어갈 테고……

"저쪽에서 널 죽이고 싶어 하겠는데?"
"그럴지도 모르지. 하지만 말이야."
노형진이 씩 웃으며 말했다.
"그 전에 나한테 본진부터 털릴 거야, <u>흐흐흐</u>."

제 버릇 개 못 주지

"축하드립니다, 박상규 상무님."

노형진은 진심으로 축하하면서 눈앞에 있는 남자의 손을
잡았다.

박상규. 대룡엔터테인먼트 대표.

그는 상무에서 이사로 승진했다.

"별말씀을요."

"그래도 자신감을 가질 만한 일입니다. 최장기 아닙니까?"

"하하하."

박상규는 멋쩍게 웃었다.

그럴 수밖에 없다.

그동안 엔터테인먼트조합 쪽 사람은 수시로 바뀌었다.

다른 사람들이 버티지 못하고 그만두었기 때문이다.

그나마 박상규가 최장기로 버티면서 결국 상무에서 이사로 승진하는 데 성공했다.

"이해의 문제죠. 큰 기업이라고 해도 결국 이해를 못 하면 의미가 없습니다."

"그건 그렇지요, 하하하."

그의 말이 맞다.

보통은 그곳에 온 것을 좌천이라고 생각해서 불성실하게 일하는 경우가 많았고, 또 엔터테인먼트라는 시장의 불확실성에 대해 제대로 이해하지 못한 경우가 많았다.

하지만 아이러니하게도 정리 해고 대상이라는 소리가 나올 만큼 이미지가 안 좋았던 그가 그 시장을 정확하게 이해하고 결국은 이사로 승진한 것이다.

"역시 사람은 자기에게 맞는 자리가 있나 봅니다."

"그런가 보네요."

박상규는 기분이 묘했다.

이 자리로 오기 전까지만 해도 그는 실적이 나쁘다는 이유로 제대로 인정받지 못했다.

하지만 이 자리에서 그는 스스로를 인정했고 드디어 자리를 잡았다.

'지금은 이사지만…….'

대룡에서 엔터테인먼트 쪽에 대해 이해를 하는 사람은 자신 하나.

만일 충분한 실적을 낼 수 있다면 어쩌면 사장까지 승진할 수 있을지도 모른다.

말이 대표지 엄밀하게 말하면 대룡에서는 이사이니까.

하지만 완벽하게 나뉘어서 나오고 나면 사장까지 올라가는 것도 꿈은 아니었다.

'그 전에 해결할 게 있지.'

그는 웃으면서 노형진의 손을 꽉 잡았다.

"감사합니다. 그나저나 다른 분들에게도 인사를 드려야겠네요."

"네?"

노형진은 악수를 하면서 손안에서 느껴지는 이질감에 살짝 움찔했다.

하지만 모른 척 금방 손을 떼었다.

"그러지요. 안 그래도 오늘 축하하러 많이 왔네요."

어찌 되었건 대룡의 이름을 빌린 엔터테인먼트 회사의 대표다.

각지에서 승진을 축하하기 위해 파티에 참석했다.

그러니 노형진만 그를 붙잡고 있을 수는 없었다.

"그러면 다음 기회에 다시 뵙지요."

"그러지요."

노형진은 슬쩍 물러나면서 주머니 속으로 종이를 넣었다.

'어째서?'

그 정도 되는 사람이 조용히 쪽지를 주면서 해야 할 이야기가 뭘까?

공식적인 거라면 자신에게 대놓고 이야기하거나 전화를 하지 못할 이유가 없다.

'그러면 비공식적인 거라는 건데.'

아무리 엔터테인먼트 쪽이 대룡 전체에서 약하다고 해도 한국에서 대룡의 영향력은 절대 작은 게 아니다.

그런데 그런 그가 조용히 연락을 한다?

'흠…….'

노형진은 슬쩍 다른 사람들을 피해 화장실에서 종이를 꺼내 들었다.

'사흘 후라…….'

사흘 후에 특정 장소에서 만나자는 쪽지의 내용.

'도대체 왜?'

노형진은 이해가 가지 않았다.

하지만 그가 심심해서 이런 쪽지를 남길 사람은 아니라는 것은 안다.

"그러면, 그때까지."

노형진은 바깥으로 나와서 와인 잔을 들었다.

"느긋하게 기다려 볼까?"

사흘 후, 노형진은 시골의 어떤 장소에 도착했다.

"여기 맞아?"

"맞아."

손채림은 운전석에서 내리면서 입맛을 다셨다.

"어째 내가 점점 운전기사가 되어 가는 것 같다."

"누가 운전을 더 잘하래? 그래도 번갈아서 운전했잖아."

워낙 장거리 운전이었던 탓에 노형진과 손채림이 번갈아서 운전할 수밖에 없었다.

"장거리는 무슨. 미국 같으면 옆 동네 마실 가는 수준이지, 뭘."

"어이구, 무서운 소리 마라."

노형진은 미국에서 운전했던 끔찍한 기억에 머리를 흔들었다.

회귀 전 미국에 살 때는 사흘 내내 사막만 보이는 길을 달리기도 했으니까.

"들어가자."

"그래."

손채림과 노형진이 안으로 들어가자 창문 너머에 보이던 그림자가 사라지더니 잽싸게 문을 열어 줬다.

"기다렸나 보네."

"약속했으니까."

박상규쯤 되는 사람이 약속을 깰 이유는 없다.

노형진이 안으로 들어가자 기다리고 있던 박상규가 손을 꽉 잡았다.

"기다렸습니다, 변호사님."

"다시 봬니 반갑습니다. 그런데 무슨 일이신가요? 이렇게 조용히 연락하시는 걸 보니 큰일이지 싶은데요."

"큰일이라기보다는 곤란한 일이지요."

"곤란한?"

"네, 그렇다 보니 저도 상당히 곤혹스럽고요."

"무슨 일인지 모르겠지만 일단 들어가서 이야기하지요."

노형진과 손채림이 별장 안으로 들어가자 그는 두 사람에게 커피를 건네줬다.

"이 별장은 뭔가요?"

"친구한테 빌렸습니다. 보안이 필요해서요."

"그 정도로 위험한 겁니까?"

"위험하다기보다는…… 사실대로 말하면 엔터테인먼트조합의 존폐가 달렸다고 봐야 하겠군요."

순간 노형진의 눈썹이 꿈틀거렸다.

그가 엔터테인먼트조합을 만든 이유가 뭔가?

온갖 문제를 해결하기 위해 아닌가?

그런데 그런 곳의 존폐라고?

"압력입니까? 누군가 압력을 행사하나요?"

노형진은 과거의 사건을 생각하고 눈을 찡그렸다.

엔터테인먼트조합이 생긴 후에 노형진은 다른 건 몰라도 성 접대에 관해서는 관용을 베풀지 않았다.

그 결과 그동안 성 접대를 받으며 좋아했던 수많은 정치인들과 기자들이 상당히 많이 방해한 것이 사실이다.

'그 버릇을 못 고쳤나?'

노형진이 짜증스럽게 물어보자 박상규가 조심스럽게 말했다.

"압력이라면 차라리 제가 어떻게 할 수 있습니다. 어찌 되었건 저는 대룡의 상무니까요."

"하긴, 아예 방법이 없다면 모를까."

노형진이 이미 방법을 알려 줬는데 그걸 막지 못하진 않을 것이다.

"그런데 존폐의 문제라니요?"

"익은 벼가 문제이지요."

"익은 벼?"

"네, 나름 연습을 하고 자리를 잡은 애들요."

"그게 무슨 말씀이시죠?"

"애초에 엔터테인먼트조합의 가장 큰 미끼는 다름 아닌 지원 아닙니까?"

"그건 그렇지요."

가장 많은 돈이 들어가는 부분인 연습실과 인건비 부분에서 상당 부분 지원해 주는 것.

그게 바로 엔터테인먼트조합의 미끼다.

연습실 비용과 차량 비용 같은 것은 공용으로 쓰면 확실히 돈이 절감된다.

매일같이 행사가 있는 것도 아니고 일주일에 한 번 정도 행사가 있는 연예인들은 매니저나 코디를 같이 쓰는 것도 인건비를 아끼는 방법이고.

"그런데요?"

"지원이 필요 없는 정도로 애매하게 큰 소속사들이 사고를 치는 것 같습니다."

"지원이 필요 없는 정도라⋯⋯."

"네."

자기들 나름대로 수익을 내고 따로 인원을 뽑아야 하는 경우, 그런 사람들은 대룡 엔터테인먼트의 지원이 필요가 없다.

"지원이라 하면⋯⋯."

"성 접대를 하는 것 같습니다."

"이런 미친놈들을 봤나? 그거 대응 안 하셨습니까?"

"그래서 제가 조용히 노 변호사님을 모신 겁니다. 그놈들이 워낙 많은 데다가, 아무래도 그놈들이랑 방송국 PD나 기자가 붙어먹고 저를 감시하는 것 같아서요."

"그건 모를 일이지만⋯⋯."

확실히 안전을 지키는 게 최선이기는 하다.

안 그래도 성 접대로 여럿 날아가서, 그들이 박상규 이사를 감시할 가능성도 존재하니까.

"그들이 문제가 되는 게 뭡니까?"

"그놈들은 자발적이라는 거죠. 정확하게는 사장의 자발적인 행동이라는 겁니다. 일부 연예인들이 자발적으로 성 상납에 나선다는 소문도 있고요."

"흠……."

"깨끗한 사람만 있는 게 아니니까요."

재능과 인성이 비례하면 좋겠지만 그렇지 못한 것이 현실이다.

더군다나 엔터테인먼트 쪽은 옛날부터 생양아치도 많고 사기꾼도 많은 곳으로 유명했으니, 사장들 중 일부에게 양아치 기질이 있지 말라는 법은 없다.

"자발적이라……."

"네, 그게 문제입니다. 전처럼 압력을 행사해서 그런 거라면 상대방을 공격할 수 있습니다. 하지만 자발적인 건 전혀 다른 문제죠."

"와…… 더럽다, 진짜……."

손채림은 눈을 찌푸렸다.

타의에 의해서도 아니고, 자발적으로 성 상납을 하는 자가 있을 줄이야.

"어쩔 수 없지. 하지만 자발적 성 상납이라…… 이거 곤란한데."

자발적인 경우 명백하게 합의에 의한 성 상납인지라 범죄가 아니기 때문이다.

"그게 곤란한 문제야?"

"점진적 부패를 촉발하니까."

"점진적 부패?"

"그래, 점진적 부패. 생각해 봐. 누군가 자발적으로 성 상납을 한다고 하면 PD들이 무슨 생각을 하겠어?"

당연히 기회가 있다면 자신에게 성 상납을 하는 사람들 위주로 그 자리를 채우려고 할 것이다.

안 그래도 유혹이 많은 곳이 이 바닥이다.

그러면 버티려고 하던 사장들이나 연습생들도 그 유혹에 빠질 수밖에 없다.

딱 한 번만 눈감으면 기회를 잡을 수 있다는 유혹.

"유혹은 점점 더 강해지고, 결국 소위 말하는 일반적인 행위가 되어 버리지."

문제는 법원은 자발적으로 하는 성 상납 행위에 대해서는 무척이나 터무니없는 선처를 하는 성향을 보인다는 거다.

하긴, 애초에 재판부나 검사 자체가 성 접대의 대상이 되는 쪽이니까.

거기에다 적용되는 법조가 아예 다르다.

강제로 하는 성 상납은 강간에 속하지만 자발적인 것은 성

매매에 속하니까.

"그러면 그때부터는 상황이 역전되는 거야."

성 상납을 하면 이익이 가는 게 아니라 성 상납을 안 하면 불이익이 가는 쪽으로.

"내가 성 상납을 철저하게 막은 게 그런 이유야."

성 상납을 하게 되면 하지 않은 쪽에게 사실상 불이익이 된다.

재능이 있는 사람이 자존감을 지켰다는 이유로 도리어 불이익을 받는 결과가 나오고, 재능이 없는 사람이 양심을 버리고 그 자리를 차지하는 현상이 나타나는 것이다.

"하지만 이건 답이 없는데."

"제 말이 그겁니다. 그리고 그들은 지금 우리 쪽에서 나가서 아예 따로 뭉치려고 하고 있습니다."

"애매하게 뜬 경우다 이거죠?"

"네."

애매하게 뜬 경우, 그 상황에서 더 위에 올라가는 것은 재능의 문제다.

노형진과 엔터테인먼트조합은 기회는 줄 수 있을지언정 성장은 못 도와준다.

"그래서 더 올라가기 위해 그러는 것 같습니다."

"그런 곳이 얼마나 됩니까?"

"5분의 1 정도가 관련된 듯합니다."

"미친놈들이군."

그렇게 그들이 나가서 단체를 만들면, 성 상납을 하는 그들에게 모든 방송 자리가 쏠리고 말 것이다.

"그래서 이렇게 조용히 자리를 만드신 겁니까?"

"제 입장에서는 조심스러울 수밖에 없지요. 아시겠지만 엔터테인먼트조합은 말 그대로 '조합'입니다. 탈퇴가 자유롭습니다."

"끄응……."

그가 열심히 해서 조합을 살리기는 했지만 도리어 그의 손에서 조합이 작살날 수도 있는 일이다.

"그래도 사장이 강제한 것일 수도 있으니까 일단 신고하면 안 될까? 전에도 그랬잖아."

"그 정도였다면 아마 박 이사님이 알아서 해결하셨겠지."

돌려서 말하기는 했지만 아마 그 5분의 1 정도 되는 곳은 분명히 소속 연예인 역시 자발적 성 상납을 하는 자들일 것이다.

"와, 진짜 너무하네. 도와준 사람들의 뒤통수를 이런 식으로 까 버려?"

"아까도 말했잖아. 스타가 되는 것과 인성은 전혀 다른 문제라니까. 엔터테인먼트는 환상을 파는 직업이야."

환상을 만들어 낼 수만 있으면 되는 거지, 그가 꼭 환상에 맞는 존재일 필요는 없다.

"드라마에서 지고지순한 사랑을 연기한다고 해서 현실에서도 지고지순한 사랑을 할 리는 없다는 거지."

"맞습니다. 가령 얼마 전에 끝난 모 드라마의 경우는 남자배우가 클럽 중독이었죠."

"클럽 중독?"

"네."

"잠깐…… 얼마 전에 끝난 모 드라마라고 한다면, 그 공시생의 사랑을 그린……?"

"맞습니다."

손채림은 띵한 표정을 지었다.

아무것도 없는 공시생의 우울한 일상과, 그 안에서 연인이라는 작은 끈을 잡으려는 그들의 사랑을 그린 드라마.

그걸 보면서 얼마나 많은 청년들이 동질감을 느끼면서 눈물을 흘렸던가?

"그런데 그 배우가 클럽 중독이라고요?"

"네."

박상규는 곤란한 듯 말했다.

"이건 비밀입니다."

"허……."

"물론 클럽에 가는 게 나쁜 건 아니야."

요즘 그곳에 스트레스를 풀러 가는 사람들이 어디 한둘도 아니고.

"문제는 그 배우가 클럽을 가는 목적이⋯⋯."

"아, 잠깐, 그만! 내 환상 깨지 마!"

"더 깨질 환상이라도 남았냐?"

"아⋯⋯ 너무한다, 진짜."

"현실이라는 게 그런 거야."

노형진은 잠깐 키득거리다가 자세를 바로잡았다. 그건 웃을 일 정도이지만 지금 일은 웃을 만한 게 아니니까.

"어찌 되었건 이 문제를 해결하죠. 어떻게, 그쪽이랑 이야기해 봤습니까?"

"해 봤지요. 하지만 요지부동입니다."

"요지부동?"

"네, 사실 성공하면 수백억이 달려 있는 문제다 보니 양보할 생각이 없더군요."

박상규는 최대한 이해하면서 설득을 하려고 했다.

하지만 그들이 말을 들어 처먹는 대상이 아니었다.

"전에도 비슷한 일이 있지 않았어?"

손채림은 기억을 더듬다가 되물었다.

"그때는 지금하고 좀 달랐어. 연예인은 자발적이지 않았기 때문에 강간의 혐의가 있었으니까."

"그러면 이제는 어쩌지?"

"모르겠습니다. 저도 방법이 없어서 노 변호사님에게 도움을 청한 거니까요."

"그들이 찢어져서 다른 곳에 갈 거라는 건 확실한 겁니까?"

"확실한 겁니다. 그들은 오늘도 아마 다른 곳에서 이야기를 하고 있을 겁니다."

"다른 곳요?"

"네."

그가 노형진과의 만남을 오늘로 잡은 것에는 이유가 있었다.

그들이 주기적으로 모여서 작전을 짜는 것을 알아낸 덕분이었다.

"이대로 놔둘 수도 없고……."

이대로 두자니 청소하고자 한 모든 것이 의미가 없어진다.

"네가 한 말이 맞네."

"무슨 말이?"

"네가 그랬잖아, 인간의 부패는 끝이 없다고."

"그랬지."

한 가지 방법을 찾아내서 막으면 다른 방법으로 부정을 쌓아 올린다.

뭐 하나 해결하면 다른 부정이 나오는, 끊임없는 악순환.

지난번에 이런 사건을 해결할 때도 그랬다.

그때 이후로는 다시는 이런 일이 안 생길 거라 생각했지만, 그건 오산이었다.

"그나저나 이런 건 보통 대놓고 이야기하지 않는데."

"맞습니다. 대놓고 이야기하고 다른 소속사들을 자극할

정도로 그들의 행동이 극한에 이르렀다는 거죠."

"닝기미."

만일 상납하는 사람들의 숫자가 적으면 혹시나 반격이 들어올까 외부에 알리지 못한다.

그래서 노형진도 알지 못했을 것이다.

하지만 반대로 그들이 원래 다 하는 건데 너희는 왜 안 하냐고 터무니없는 요구를 할 수도 있다.

"노 변호사님, 방법이 있나요?"

"일단은…… 고민을 좀 해 봐야겠네요."

아무리 노형진이라고 해도 다짜고짜 고발을 할 수는 없다.

더군다나 이건 양 당사자가 합의에 의해 관계를 맺은, 지극히 합법적인 관계다.

"어찌 되었건 성 상납인 건 마찬가지잖아."

"그건 그렇지. 문제는 그걸 증명할 방법이 없다는 거야. 당사자끼리 합의한 거잖아."

"아, 더럽다, 진짜."

노형진은 턱을 스윽 문지르다가 시선을 돌렸다.

구석에 있는 제법 커다란 텔레비전.

그걸 보던 노형진은 머릿속에 문득 스치고 지나가는 의문점이 있다.

"그걸 주도하는 사람들이 있나요?"

"주도라 하시면? 한두 명이 아니라서요."

"그러니까 그 영향력을 행사해 주는 그런 거 말입니다."

"주웅서라는 사람입니다."

"주웅서?"

"네, 현재 모 방송국의 드라마국장입니다."

"국장이라고요?"

"네, 아시다시피 드라마에서 배우의 자리는 생각보다 크지 않으니까요."

"하긴, 그러네요."

요즘은 아이돌 출신들이 드라마에 많이 진출한다.

그렇다 보니 순수 배우들의 자리가 많이 위협받는 것도 사실이다.

특히나 젊은 여성의 경우는 더욱 기회가 중요하게 다가올 가능성이 높다.

"그리고 진태주라는 사람입니다. 그 사람은 다른 방송국의 가요 쪽이고요."

"드라마와 가요라……. 예능은요?"

"차우소라고 하는데, 진태주와 같은 방송사 소속입니다."

"그들이 유명합니까?"

"네."

물론 많은 사람들이 성 상납을 요구하기는 한다.

하지만 적극적으로 압력을 행사하는 사람들은 이 정도였다.

"그들을 고발하시려고요?"

"안 됩니까?"

"노 변호사님, 그게 가능했다면 저희가 먼저 했습니다."

하지만 불가능했다.

일단 고발해도 자신들에게 화살이 날아올 뿐이다.

"우리 아래에 있는 사람들이 피해가 큽니다."

"그렇다고 그들을 놔둘 수는 없지요."

"네, 사실 그들이 대표적일 뿐, 은근슬쩍 접대를 요구하는 PD나 감독은 넘쳐 납니다."

"끝이 없군."

노형진이 구역질이 난다는 듯 말하자 손채림은 고개를 흔들었다.

"끝이 없다, 진짜. 그나저나 넌 어쩔 거야? 방송국이랑 싸울 거야? 대롱 쪽에 출연 금지시키면 어때? 그러면 좀 겁먹지 않을까?"

"그건 안 될 말이야. 모든 연예인들의 목표는 공중파야. 물론 인터넷이 홀륭한 홍보의 전당이 되고는 있지. 하지만 공중파에 나온 사람과 안 나온 사람의 차이는 크다고."

결과적으로 그들은 공중파를 선택할 것이다.

"반대로 우리 쪽 인터넷 방송 출신을 공중파에서 쓰지 않을 가능성도 존재해."

"끄응……."

물론 뜨면 쓰기는 할 것이다.

하지만 인터넷에서 띄우는 것과 공중파에서 띄우는 건 그 파괴력이 다를 수밖에 없다.

"그러면 어쩌지?"

손채림은 눈을 찌푸렸다.

엄밀하게 말하면 동의에 의한 성관계는 불법이 아니라는 점 때문에 어찌할 수 있는 부분이 없다.

"글쎄. 일단은 좀 생각을 해 보자."

당장 답이 보이지 않는 상황에서, 노형진은 머리를 쥐어짜는 수밖에 없었다.

"끄응……."

"아직도야?"

"아직도야."

그 후로 시간이 흘렀지만, 노형진도 적당한 방법을 찾을 수가 없었다.

"협박하거나 겁주는 것은 말도 안 되고."

"방송국에 딜을 하는 건?"

"방송국에서 받아들일 리 없지. 생각해 봐. 그놈들이 접대받을 때 혼자 받겠어?"

"아……."

드라마국장이라고 해서 그 혼자 받는 게 아니다.

끼리끼리 뭉쳐서 받는다.

뉴스국장이나 예능국장도 같이 가서 안면을 튼다는 식으로 말이다.

"더럽다, 진짜."

"똥개가 똥을 끊지."

도리어 자신 때문에 강제로 똥을 끊었으니 아주 먹고 싶어서 환장할 노릇일 것이다.

"그쪽은 어때?"

"공공연하게 내부에서 파벌을 만들고 있는 모양이야."

"나갈 준비가 다 되어 있다 이거군."

"맞아. 그래서 몇몇 업체들이 눈치를 보는 느낌이고."

"그건 무슨 소리야?"

"박상규 이사님한테 들리는 말로는, 그놈들이 성 접대를 요구한대."

"에? 성 접대?"

"그래, 자기들이랑 같이 나가고 싶으면 자기들한테 성 접대하라고 운을 떼나 봐."

"미친 새끼들."

노형진은 눈을 찌푸렸다.

하지만 그런 일이 한두 번 있는 것도 아니다 보니 그로서는 갑갑할 노릇.

"강제가 아니라 동의라면 그것도 불법은 아니거든."

"그렇지. 그런데 난 이해가 안 가는데. 자기들도 데리고 있는 애들이 있잖아. 그것도 자발적으로 성 접대하는 애들이. 그런데 왜 엉뚱한 회사 애들을 노리는데?"

"이런 말이 있지. 우리 집 미스코리아보다 옆집 아줌마가 더 예쁘다."

"응? 그게 무슨 소리야?"

"언제든 취할 수 있는 대상보다, 빼앗아서 취할 수 있는 쪽이 더 예뻐 보인다는 거지."

바람피우는 놈들은 그런 생각을 머릿속에 달고 다닌다.

그러니 그런 놈들은 기회가 되었을 때 그걸 놓칠 수가 없는 것이다.

"와, 진짜. 확 죽여 버릴 수도 없고. 아니, 그렇게 연예인이 좋다면 당당하게 사귀든가."

"그게 가능하겠냐? 사실 PD쯤 되면 대부분 유부남이야. 나이 20대에 달 수 있는 자리가 아니니까. 그러니 대부분 그 나이 때에는 결혼을……."

그 순간 노형진의 머릿속에서 번개가 번쩍 쳤다.

"그래! 그거야! 이혼!"

"응?"

"이혼시키면 되잖아! 대부분의 사람들은 결국 유부남이잖아?"

"그게 무슨 말이야?"

"말 그대로야. 동의에 의한 성 상납, 그건 불륜이잖아! 형법적인 처벌은 못 하겠지만, 사회적인 처벌도 불가능하지는 않아."

"사회적 처벌?"

"그래."

"하지만 이혼이 사회적 처벌일까?"

고개를 갸웃하는 손채림.

그러나 노형진의 머릿속에서 스친 생각은 이혼만이 아니었다.

"내로남불이라는 말이 딱 어울리네."

"응? 내로남불?"

"그래."

내가 하면 로맨스, 남이 하면 불륜.

그게 노형진에게 든 생각이었다.

내로남불

노형진에게는 자신의 신문사가 있다.

정확하게 말하면 노형진이 상당 금액을 투자한 곳이다.

코리아 타임라인.

해외 유명 언론 재벌에게서 이름을 빌린 그곳은, 노형진이 한국 언론의 부패를 막기 위해서 상당한 투자를 한 언론사다.

그래서 그곳은 다른 곳과 달리 외부의 압력에 꼼짝도 안 하는 그런 곳이었다.

하지만 그건 노형진에 대해서도 마찬가지인지라, 노형진이 자신이 투자자라는 걸 이용하여 압력을 행사한다고 해도 그들은 눈도 깜짝 안 한다.

'하지만 내가 제보자라면 이야기가 달라지지.'

노형진은 실실 웃으면서 박형서 국장을 바라보았다.

"그러니까 취재를 해 달라?"

"네, 그런 거죠."

"흠…… 그건 확실히 제보로 인정받을 만하지만, 취재 방향이 좀 다르군요."

"안 될까요?"

"으음……."

박형서 국장은 묘한 표정을 지었다.

외부 압력 같은 건 아니다.

물론 취재 방향을 마음대로 하는 것이 압력으로 보일 수도 있지만…….

'이건 그것도 아닌 것 같고…….'

박형서는 머리를 북북 긁었다.

"이해는 하겠습니다. 뭐, 이런 놈들을 취재하고 까발리라고 우리가 있는 거죠. 그런데 왜 하필이면 성 접대가 아니라 불륜입니까?"

"불륜이라니요! 이건 엄연하게 로맨스입니다, 로맨스!"

"퍽이나요."

코웃음을 치는 박형서.

나이 50대인 노친네가 20대 초반의 연예인과 로맨스라니.

거기에다가 그 50대의 신분이 방송국장이면, 빼도 박도 못할 성 접대다.

"뭐, 포장하기 나름 아닙니까?"

"포장하기 나름이라……. 뭐, 틀린 말은 아닌데……."

없는 사실을 만드는 건 아니다.

하지만 그런다고 해서 그들의 만남이 아름다워지는 것도 아니다.

"노 변호사님."

결국 박형서 국장은 툭 까고 이야기하기로 했다.

"제가 노 변호사님 말만 믿고 다 때려치우고 여기로 왔습니다. 지금까지 약속을 잘 지켜 주셨고요. 하지만 이제 와서 갑자기 이런 요구를 하시면서 이유도 말씀해 주지 않으시면, 저도 해 드리기 곤란합니다."

"음…… 비밀을 지켜 주실 수 있나요?"

"비밀이야 지켜 드릴 수 있지요."

"그러면 잠시 귀 좀."

노형진은 박형서의 귀에 뭐라고 속닥거렸다.

잠시 후 박형서는 갑자기 크게 웃었다.

"으하하하! 설마 그런 게 가능합니까?"

"가능합니다. 물론 쉬운 건 아니지요. 그러니까 이미지를 그쪽으로 몰고 가야 합니다."

"그런 거라면 언제든 환영이지요."

그는 전 회사에 있던 국장 얼굴이 생각났다.

'더러운 새끼.'

자기 딸보다 어린 연습생의 팬티 속으로 서슴없이 손을 밀어 넣던 그 인간.

그 인간이 보기 싫어서 여기로 왔다.

"그런데 그런다고 그들이 다시는 그런 짓 못 할까요?"

"못 할 겁니다. 원래 거래라는 것은 공급과 수요가 맞아떨어져야 하거든요."

"그건 그렇지요."

"전 그동안 공급을 끊으려고 했습니다. 하지만 공급을 끊는 게 불가능하다는 걸 이제야 알았지요."

강제도 아니고 자발적으로 나서는 연예인들이 분명 존재한다.

그러니 공급을 차단할 수는 없다.

"그러면 이번에는 수요를 끊어 버리겠다?"

"네. 팔고 싶어도 팔 수가 없다면, 그 물건은 팔리지 않지요."

"하."

미소 짓는 노형진.

"가끔 보면 말입니다, 노 변호사님은 천재 같습니다. 다른 사람들은 그런 생각 못 할 텐데요."

"과찬이십니다, 후후후. 그러면 취재 방향은 그쪽으로 해서 몰아가실 수 있나요?"

"그럼요. 아 다르고 어 다른 게 뉴스 아닙니까?"

취재 과정에서 오해가 있는 것은 흔한 일이다.

"더군다나 이번 경우는 도리어 사건을 축소하는 유형의 오해니까요."

"그러면 잘 부탁드립니다. 적당한 사람이 있나요?"

"있습니다. 유현덕 기자라고, 이런 일에는 이를 박박 가는 사람이 한 명 있지요. 그 사람을 붙여 드리지요."

"그래요? 왜 그렇게 이를 박박 갑니까?"

"아, 동생이 연습생이었다고 하더군요. 성 접대를 거부했다고 퇴출당했답니다. 뭐, 오래전 일이기는 하지만요."

"이런."

어찌 되었건 자신의 동생이 그런 취급을 받는 것을 좋아하는 사람은 없었다.

"그 사람에게 믿고 맡기면 될 겁니다."

"잘 부탁드립니다, 후후후."

"이런 일은 처음이라 과연 그쪽에서 무슨 생각을 할지 궁금하네요, 후후후."

⚖️

주웅서는 방송국 드라마국의 국장이었다.

당연히 누구든 출연을 하기 위해서는 그의 허가를 받아야 했다.

물론 엑스트라급은 아니지만, 조연급 이상은 그가 태클을

걸면 출연이 불투명해졌다.

딱 지금처럼 말이다.

"이 새끼야! 내가 영아 박아 넣으라고 했어, 안 했어!"

"하지만 국장님, 그 애는 이미지도 안 맞고 일단 연기가 발연기라…….."

감독이 어떻게 해서든 설득하려고 하는 순간, 그의 머리로 서류가 날아들었다.

"이 새끼야! 지금 네가 나한테 말대답할 짬밥이야?"

"아니, 그게 아니라…….."

"아가리 닥치고 내 말대로 하라고!"

"……."

"더러우면 사표 쓰고 나가, 이 새끼야!"

감독은 부들부들 떨면서 바깥으로 나갔다.

그리고 나가자마자 성질을 부렸다.

"아오, 씨발! 돌아 버리겠네!"

"또야?"

"아니, 저 새끼는 왜 승진을 시켜 가지고."

"위에서 시킨 걸 어쩌라고."

"씨팔, 좆같네, 진짜."

원래 주웅서는 승진 대상이 아니라 퇴출 대상이었다. 연기자를 성추행하거나 소속사에 뇌물을 요구하는 등 문제를 많이 일으켰기 때문이다.

그런데 그런 그가 도리어 국장이 된 것은, 그가 정권에 잘 보여서였다. 전에 있던 국장은 모가지가 날아가고 그가 국장이 되어 버린 것.

"드라마 왕국? 지랄하네."

감독은 짜증스럽게 담배를 꼬나물었다.

얼마 전까지만 해도 방송국은 '드라마 왕국'이라 불리면서 절대적인 지지를 받았지만 지금은 드라마 왕국은커녕 막장 드라마 최후의 보루라고 불리고 있다.

"엿 같네."

"이해해. 국장도 다급할 만하지. 지난번에 종편 시청률이 3% 나왔다면서? 생긴 지 얼마나 되었다고 무섭게 치고 올라오는데⋯⋯."

"염병. 그러니까 참신한 소재를 좀 쓰자고. 닝기미."

대룡에서 외주로 드라마를 공급받는 종편은 어마어마한 속도로 성장하고 있다. 얼마 전에 절대 깰 수 없다고 하던 마의 3%를 깨는 드라마가 나오면서 방송국에 싸늘한 분위기가 흘렀다.

"받아 주겠냐?"

"하긴, 애초에 그 드라마도 그 새끼가 깐 거 아냐?"

외주로 제작한 드라마는 당연히 큰 곳에서 틀고 싶어 한다.

맨 처음 대룡에서 그걸 들고 왔을 때 국장이 불륜과 로맨스를 넣어 달라 요구했는데, 작가는 그걸 거부했다.

그러자 그게 종편으로 넘어간 것이다.

"그때 우리 전적 얼마였지?"

"2.7%."

"열 받을 만하네."

종편이 처음으로 공중파를 꺾은 사건.

그걸로 뉴스가 한창 시끄러웠으니까.

"그러면 제대로 된 드라마 주제라도 주든가, 아니면 최소한 배우라도 좀 제대로 쓰게 해 주든가."

"뭘 기대하냐."

동료 감독의 말에 그는 짜증이 난 얼굴로 몸을 돌렸다.

"간다."

"어딜?"

"어디긴, 작가한테 살려 달라고 빌러 간다. 그 영아라는 애가 이 역할에 맞냐?"

"확실히 그건 아니지."

"그거 이미지에 맞춰서 작업하려면 작가님한테 살려 달라고 빌어야지, 뭐."

"과연 해 줄까? 나도 그거 봤는데, 그거 비중 있는 조연이라 그 애 성격을 바꾸면 대사만 절반 이상 들어내야 할 텐데."

"닝기미, 씨발. 그러니까 방법이 없잖아."

차라리 다른 자리라도 만들어서 넣어 줬으면 싶은데 꼭 그 자리에 그 애를 넣으란다.

"젠장, 그러니까 드라마 감독할 때 족족 말아먹었지."

문제는 극 중 배역은 조용하고 지혜로운 역할인데 영아라는 배우, 아니 아이돌은 개그 캐릭터라는 것이다.

그것도 멍청한 유의.

'그게 연기라면 연기 변신이라고 실드라도 치지.'

하지만 진짜 멍청한 거라는 걸 알고 있는 감독 입장에서는 연기 변신이라고 실드를 칠 수도 없었다.

'아, 미치겠네. 작가님한테 어떻게 빌어야 하지?'

그가 막 고민을 하면서 안으로 들어갈 때였다.

갑자기 몰려 있던 사람들의 시선이 이쪽으로 확 쏠렸다.

"어, 뭐야? 왜 일들 안 하고 다 서 있어?"

"감독님! 감독님! 지금 별일 없었어요?"

"별일? 없겠냐? 꼭 넣으란다. 대사 들어내고 콘셉트 바꿔서라도 넣으래. 닝기미, 어쩔 수 없어. 작가님한테 살려 달라고 빌어야지."

"그래서 그런 거구나."

"그래서 그런 거라니, 그건 또 뭔 개 같은 소리야?"

감독은 직원들의 말에 눈살을 찌푸렸다.

그런 거라니?

"아, 못 보셨구나?"

"나 지금 내리 40분을 깨지고 왔거든! 나 진짜 기분 안 좋으니까 제대로 좀 말해 줄래?"

"직접 보세요."

"뭘?"

"아, 직접 보세요."

직원 하나가 그를 당겨서 방금 모여 있던 모니터 앞에 들어앉혔다.

화면을 본 감독은 황당한 표정으로 한마디 내뱉었다.

"이건 뭐야?"

인터넷에 떠오른 뉴스.

흔하게 있는 뉴스였다.

열애설.

그런데 문제는 열애설의 대상이다.

"우리 국장 아냐?"

"이건 영아 맞지?"

"맞아, 확실해. 둘이 내연 관계였네. 그러니까 절반을 들어내는 한이 있다고 해도 박아 넣으라고 한 거겠지."

직원들은 일이 어떻게 된 건지 알아챈 듯 고개를 끄덕거렸다.

화면을 본 감독은 뚜껑이 열리는 기분이었다.

"이런 염병할 개새끼! 뭐 하자는 거야!"

⚖

한 방송국의 국장과 신인 여배우가 내연 관계라는 것.

그건 이만저만 충격으로 다가온 게 아니었다.

노형진은 그 뉴스를 핸드폰으로 보면서 힐끔 아파트 위쪽을 올려다보았다.

그곳에서 터져 나오는, 온 아파트를 쩌렁쩌렁 울리는 목소리.

"나가 죽어, 이 병신아!"

"아니, 여보! 그런 게 아니라……!"

"아니긴 뭐가 아니야! 내가 창피해서 못 살아! 지 딸보다 어린년이랑 붙어먹으니까 좋아? 어? 내가 어떻게 얼굴을 들고 다녀!"

"여보! 미안해! 미안해!"

"미안이고 나발이고, 나가 죽어!"

우렁찬 아줌마의 목소리에 노형진은 핸드폰을 내려놨다.

"와, 이게 무슨 일이래?"

손채림은 난리가 난 아파트를 바라보며 말했다.

"예상보다 더 격한데?"

"격하지. 내가 왜 불륜으로 몰아갔는데?"

단순히 불륜 사진 한 장 찍자마자 바로 터트린 게 아니었다.

상당 기간을 거쳐서 무려 네 번이나 만날 때까지 기다려 가면서 각각 다른 사진을 찍었다.

한 번 만났다면 내연 관계로 볼 수 없지만, 네 번이나 만났다만 내연 관계라 볼 수 있다.

물론 주웅서 입장에서는 그냥 성 접대일 뿐이겠지만.

"반응이 다르거든."

"응?"

"사실 이런 성 접대는 알게 모르게 알려진 상황이야. 그렇지?"

"그렇지."

그저 모른 척할 뿐, 성 접대가 없다고 생각하는 사람들은 없다.

심지어 노형진 때문에 성 접대가 박멸된 그 짧은 시간에도, 사람들은 성 접대가 여전히 이루어지고 있다고 생각했다.

"주웅서의 아내도 마찬가지야. 주웅서가 성 접대 정도는 받는다고 생각하겠지."

"그런가?"

"그래. 하지만 모른 척한 거겠지. 사실 성 접대라는 게 나쁜 거기는 하지만, 어떤 식으로 보면 술집에서 여자를 만나는 거랑 비슷하거든. 어떤 여자는 그 부분을 용납 못 하지만 어떤 여자는 그 정도는 사회생활 하면서 어쩔 수 없다고 생각하기도 해. 그건 여자들의 성향에 따른 문제라 어쩔 수 없고."

"그리고 주웅서의 아내는 후자고?"

"그래, 맞아."

노형진은 다시 한 번 시선을 아파트 쪽으로 돌렸다.

와장창 소리가 나더니 창 바깥으로 뭔가가 훨훨 날아서 떨어졌다.

박살 나는 걸 보니 텔레비전이다.

"하지만 어떤 여자도 용납 못 하는 게 있지. 감정적 교류. 그건 완벽한 부부의 영역이거든."

심한 경우 오피스 와이프, 그러니까 직장 내에서 친한 이성으로서의 감정적 교류를 하는 것도 불륜으로 보는 사람이 있을 정도로 감정적 교류는 상당히 심각한 문제다.

"동료로서 친하다 어쩌다의 문제가 아니야. 가족에게 가야 하는 애정을 다른 사람에게 준다는 게 문제지. 너 같으면 어떻겠어?"

"음…… 확실히…… 절대 용납 못 하겠네."

술집 여자 만나서 술 먹는 거?

회사 일이라 어쩔 수 없다고 생각하면 참고 또 참을 수 있다.

화가 나지만, 그래도 애들 때문에 바가지 긁는 정도로 참는 여성들도 많다.

"하지만 감정적인 거라면 안 돼."

내가 아닌 다른 누군가를 만나서 사랑을 이야기하고 미래를 설계한다는 것.

그건 일회성이 아니라 자신을 버린다는 것을 전제로 이야기가 진행된다.

어떤 여자도 그걸 용납하지는 못한다.

"그래서 성 상납이 아니라 불륜이라고?"

"엄밀하게 말하면 틀린 말은 아니잖아."

자발적으로 성 상납을 하는 순간 두 사람의 감정적 교류는 이루어진 셈이고, 그건 불륜이다.

"그리고 내로남불이라는 말이 있지."

내가 하면 로맨스, 남이 하면 불륜.

"나는 그가 저지른 일을 로맨스로 인정해 준 것뿐이야."

그리고 신문에는 두 사람의 열애설로 기사가 나갔다.

"아마 그냥 성 상납으로 뉴스가 나갔으면 저런 식으로 화를 내지는 않았을걸."

노형진은 키득거렸다.

아마도 사과하고 싹싹 빌고 그 후에 대책을 내놔 해결하는 것으로 이야기가 되었을 것이다.

하지만 불륜은 그게 안 된다.

"나가! 나가라고!"

문으로 밀려 나오는 주웅서.

그런데 그를 밀어내는 이는 아내만이 아니었다.

"꺼져, 이 새끼야!"

다름 아닌 딸.

"어떻게…… 이런 짓을……."

"아니야…… 아니라니까……."

"시끄러워! 내가 부끄러워서 못 살겠어!"

소리를 빼액 지르는 그녀를 보면서, 노형진은 눈을 반짝거렸다.

"호오."

"왜 그래, 불안하게?"

"남의 불행이 나의 행복이지."

"무슨 소리인지 모르겠지만 저 집안에 아주 안 좋은 일이 벌어질 거라는 건 알겠다."

손채림은 그 말을 하면서 시선을 돌렸다.

"남자가 멀어지는데?"

"이 상황에서는 어쩔 수 없거든."

아무리 변명을 하려고 한들 먹힐 리 없으니까.

힘없이 터벅터벅 멀어지는 주웅서를 보면서 노형진은 자리에서 일어났다.

"웃차."

"진짜로 가서 설득하려고?"

"해야지. 우리는 '찾아가는 서비스'를 제공한다고."

노형진과 손채림이 여기서 이렇게 기다린 것은 구경하기 위해서가 아니었다.

주웅서의 아내에게 이혼소송의 의뢰를 맡겨 달라고 하기 위해서였다.

"맡겨 줄까?"

"줄 수밖에 없지."

노형진은 봉투를 흔들었다.

신문에 나가지 못한 수십 장의 증거들.

그게 이 안에 있었다.

"이혼을 하려고 한다면 말이지."

증거가 있다면 아내가 받아 올 수 있는 돈이 많아진다.

당연히 증거는 이쪽에 있기 때문에, 이쪽에 안 맡기면 손해를 본다는 뜻이다.

그런데도 맡기지 않는다면 이혼을 하지 않겠다는 뜻이고.

"어차피 우리는 손해 볼 거 없잖아?"

노형진은 어깨를 으쓱하면서 몸을 단정하게 했다.

"자, 이제 고객님을 만나러 가 볼까?"

⚖

"뭐라고요?"

감독은 노형진의 말에 어이가 없어서 입을 쩍 벌렸다.

변호사가 자신을 만나러 왔다는 말에 왜 그런가 했더니 말도 안 되는 요구를 한 것이다.

"요구라기보다는 부탁이지요."

"아니, 그렇다고 해도…… 영아를 박아 넣어 달라고요? 그게 말이나 됩니까?"

"영아를 박아 넣어 달라는 게 아닙니다. 발표만 해 달라는 거죠."

"아니, 그게 그거 아닙니까?"

"그게 그거인 건 아니죠. 미래를 위해서라도 그게 감독님한테는 좋을 텐데요?"

감독은 눈을 찌푸렸다.

미래라니? 무슨 미래 말인가?

"이 상황에서 영아를 박아 넣으면 온갖 욕을 다 먹을 겁니다."

"그래서 넣으라는 겁니다. 주웅서 국장이 다시 나오면 어떻게 될까요?"

"씨팔."

그 한마디에 감독의 입에서는 절로 욕설이 흘러나왔다.

"그놈이 다시 나온다고요?"

"아직 징계가 진행된 건 아닙니다. 그러니 다시 나올 수도 있지요."

"끄응⋯⋯."

"저도 소식은 들었습니다. 그 사람 때문에 드라마 여럿 말아먹었다면서요?"

"한두 개가 아닙니다."

시나리오에 대해 터치하고 배우에 대해 터치하는 바람에 쓸 만한 사람들은 다 빠져나갔다.

"드라마는 작가 놀음이에요. 그런데 국장이 불러서 시나리오를 이렇게 고쳐라 저렇게 고쳐라 하는데 어느 작가가 안 빠칩니까?"

"그게 됩니까?"

"보통은 말도 안 되죠."

메이저급 작가들은 국장이라고 해서 무시할 수 있는 존재가 아니다.

　도리어 국장이 '작가님, 작가님' 하면서 눈치를 살펴야 한다.

　"그런데 젊은 작가들 작품에 자꾸 그러네요."

　"젊은 작가요?"

　"네, 전작도 없고 또 젊은 작가들은, 아무래도 사회적 성향이 좀······. 아시죠?"

　"네, 무슨 뜻인지 알겠습니다."

　젊은 작가들은 사회적 현상을 담으려고 하는 성향이 있다.

　가령 여자 주인공이 존중받지 못하는 바리스타라거나 배경이 중국집이라거나 하는 식으로, 현시대를 담담하게 그리는 걸 추구한다.

　"하지만 주웅서는 그게 아니라 부잣집 고부 갈등, 삼각관계 같은 걸 자꾸 요구해요. 아니, 그건 일단 우리 이야기고, 아까 그 미래에 대한 대비가 뭡니까?"

　"말 그대로입니다. 주웅서는 아마 조용히 돌아올 겁니다."

　"싯팔."

　부정할 수는 없다.

　지금이야 가루가 되도록 까이고 있지만 정권에서 비호를 받는 상황이니까.

　"돌아오면 다시 똑같은 짓을 하겠지요."

　"그러겠지요."

"하지만 여기서 그의 압력대로 드라마 출연이 진행된다면 어떻게 될까요?"

"에? 어떻게 될……."

그 순간 감독은 정신이 번쩍 들었다.

"방송국의 거짓말이 드러난다!"

"네."

방송국은 일단 조사 중이라는 말로 사건이 무마되기를 기다리고 있다.

하지만 드라마 편성에 그녀가 들어가는 순간, 주웅서의 권력이 살아 있다는 걸 증명하게 된다.

"방송국 입장에서는 곤란해지겠지요."

"하지만 제가……."

"그러니까 확정이 아니라니까요. 그냥 운만 띄워 주시면 됩니다."

"네?"

"우선 협상이라든가 그런 거죠."

노형진이 씩 웃으며 말했다.

"하지만 그거 하나 가지고 될까요?"

"제가 언제 하나라고 한 적이 있던가요?"

노형진은 옆에 있던 봉투에서 사진을 꺼내서 들이밀었다.

그 사진을 본 감독은 질린 얼굴이 되었다.

"곧 뉴스에 나갈 겁니다."

"아예 잘려 나가겠군요."

"네, 그럴 겁니다."

"그런 거라면 뭐, 눈치 볼 거 없지요."

감독은 마음을 독하게 먹었다.

어떤 개자식이 와도 이놈보다는 나을 것이다.

최소한의 상식만이라도 있는 놈이 온다면 말이다.

"그러면 잘 부탁드립니다, 후후후."

"이게 무슨 일이야…… 이게…….."

영아가 속해 있던 소속사의 사장은 머리를 부여잡았다.

황당한 불륜설이 터진 후에 영아의 가치는 바닥으로 떨어졌다.

다른 사람도 아니고 여배우가 열애설.

그것도 동갑이나 동료 배우가 아니라, 나이가 두 배 이상 많은 국장과의 열애설이라니.

"이거 어떻게 된 거야! 누가 이런 짓을 한 거냐고!"

사장은 정신이 아득해졌다.

그래도 나름 인기 좀 끈다 해서 이제 고생 끝났다고 생각하고 있었다.

그런데 열애설이라니.

"그 기자랑 연락해 봤어? 어? 연락해 봤냐고!"

"연락을 해 봤는데, 남자랑 여자랑 같이 호텔에 간 거면 끝난 거 아니냐고 합니다."

"아니, 그걸 말이라고 해!"

"어쩔 수가 없습니다. 그쪽은……."

다른 신문사들은 이런 정보가 들어오면 슬쩍 연락을 해서 적당한 보상을 주면 입 다물겠다는 식으로 이야기한다.

그런데 코리아 타임라인 쪽은 그런 게 도무지 통하지 않는다.

"젠장, 지금 인터넷 분위기는 어때?"

"개쌍년 취급받고 있습니다."

"차라리 성 상납이라고 하라고! 씨발!"

그가 허공을 향해 소리를 질렀다.

그런데 그 대답은 바깥에서 들려왔다.

"성 상납은 아니죠."

"뭐야!"

고개를 팩 돌리는 사장.

입구에서 노형진이 빙긋 미소를 보이고 있었다.

"당신은……."

노형진을 보자마자 얼굴이 창백해지는 사장.

그럴 수밖에 없다.

노형진은 엔터테인먼트조합의 고문 변호사이자 대룡 엔터테인먼트의 대주주다.

하지만 그는 보통 일선에 나서지 않는다.

그 자신이 가진 힘을 주의하기 때문이다.

그만큼 어떤 일이든, 일단 그가 나설 경우 좋은 꼴을 본 소속사 사장은 없다.

"어…… 어쩐 일로…… 오셨습니까, 변호사님?"

사장은 떨리는 목소리로 물었다.

노형진이 가방에서 서류를 꺼내 들었다.

"나쁜 일로 온 건 아닙니다."

"나쁜 일로 온 게 아니라고요?"

"네, 원하시는 대로 할 수 있게 해 드리려고요."

"그게 무슨 말씀이신지?"

"일단 충분히 성장하셨으니 협회에서 나가고 싶다는 말씀을 하셨다면서요? 그 부분에 대해, 협회 차원에서 인정하기로 했습니다."

"네?"

사장은 얼굴이 사색이 되었다.

물론 그 말을 한 건 사실이다.

하지만 그게 왜 하필 지금이란 말인가?

그렇게 되면…….

'안 돼! 그럴 수는 없어!'

그나마 유일하게 인기를 끌고 있는 영아가 지금 한 방에 훅 가게 생겼다.

재기하기 위해서는 어떻게 해서든 다른 사람을 키워야 한다.

그런데 협회의 어떤 지원도 없이 키운다?

자신의 능력으로는 안 된다.

그걸 감당할 수 있는 돈도 없다.

"먼저 탈퇴를 한다고 하셨잖습니까?"

"저는 의견만 낸 거지 탈퇴서를 낸 건 아닙니다!"

그는 애써 항변했다.

하지만 노형진은 씩 웃으며 그의 가슴에 못질을 했다.

"뭔가 착각하시는 것 같은데, 제가 드리는 건 탈퇴의 승인이 아니라 징계입니다. 추방이죠."

"추…… 추방?"

"네. 이유는 아시죠?"

"말도 안 됩니다! 징계라니! 내가 무슨 짓을 했는데! 난 아무런 짓도 안 했어!"

"그래요? 뉴스에서 한창 떠들던데."

그는 말문이 막혔다.

그제야 알아차린 것이다.

갑작스러운 열애설.

그걸 터트린 게 노형진이라는 사실을.

"다…… 당신이…….."

"제가 뭘요?"

"당신이 거짓말한 거지! 당신이 저지른 거지!"

"전 거짓말한 적 없습니다만?"

"열애설 터트렸잖아! 그걸 터트린 거, 당신이잖아!"

노형진은 마치 아무것도 모른다는 듯 그를 바라보았다.

"무슨 말씀이신지?"

"열애설 터트려서 우리 영아 묻어 버린 거 너지! 그건 열애가 아니야! 아니라고!"

"아? 그래요? 그러면 성 상납입니까?"

"그건……."

성 상납이라고 인정하는 순간 그는 성범죄자가 된다.

"그 애가 먼저 하자고 했어! 자발적으로 한 거라고!"

"자발적인 성관계다 이거죠?"

"그래!"

"그걸 보통 일반적으로 열애라고 합니다만? 아, 이 경우는 국장님이 결혼하신 분이니까 불륜입니다."

말문이 턱 막히는 사장.

하지만 그냥 가만히 당하고 있을 수는 없었다.

지금 나름 띄웠다고 하지만 본전은커녕 절반도 못 건졌다.

더군다나 불륜이 터진 이상 수많은 광고 계약 해지와 그 손해배상 청구가 날아올 테니 그걸 감당하려면 어떻게 해서든 다른 사람을 키워야 한다.

"그러면 말이 안 되잖아! 징계 이유가 뭔데! 어! 네가 말한 대로 불륜이라면 내가 징계받을 이유가 없잖아!"

성 상납 행위는 분명히 징계의 이유가 된다.

하지만 노형진의 주장대로라면, 이건 그가 징계를 받을 이유가 없다.

서로 좋아서 만난 거라면, 소속사 사장일 뿐인 그가 징계를 받을 이유가 없지 않은가?

"아이고, 이런…… 사장님."

노형진은 머리를 흔들었다.

"제발 규약 좀 읽어 보세요."

"뭐?"

"조합 규약이 바뀐 걸 확인도 안 하시니까 문제가 생기는 거 아닙니까?"

"규약이라니? 무슨 규약?"

"조합원 규약 제87조 추가 사항. '조합 내에서 개인적 이득을 위하여 파벌을 만들거나 세력을 만들어 조합의 단합을 해치는 경우 징계 절차를 거쳐서 방출 이하의 징계를 내릴 수 있다.'라고 되어 있습니다."

입을 쩍 벌리는 사장.

'제대로 읽어 봐야지. 도대체 사장이라는 놈이 말이야.'

사실 이 조항은 지난번에 일부가 세력을 만들어서 뒤통수를 치려고 해서 만들어진 것이다.

물론 세력을 만드는 것 자체가 아예 불법인 건 아니다.

의견이 대립되는 경우, 각 세력은 조합에 해당 사항을 신고

하고 개별의 분과위원회를 만들어서 협상을 진행할 수 있다.

'하지만 조합에서 성 상납을 용납할 리 없지.'

아무리 허가가 아니라 신고라 할지라도 성 상납을 용납할 조합이 아닌 만큼, 그들은 당연히 그 세력을 만들 때 신고 따위는 하지 않았다.

"그건……."

"설마 증거가 없다고 생각하세요?"

노형진의 말에 사장은 꿀 먹은 벙어리가 되었다.

노형진은 자기 회사 소속 배우를 따라다니면서 증거를 모았다.

그런데 자기들에 대한 증거라고 없을까?

"거기에다 최초 신고자는 처벌을 면제한다는 조항도 있지요."

그는 말문이 막혔다.

"그럼 이만."

노형진은 어깨를 으쓱하고 그곳을 나왔다.

사장이 다급하게 일어나서 따라오는 소리가 들려왔다.

"변호사님! 잠시만요! 잠시만요! 한 번만…… 제발 한 번만……."

그러나 엘리베이터에서 기다리던 손채림이 잽싸게 닫힘 버튼을 눌렀고, 그의 고함 소리는 그대로 멀어졌다.

"어이가 없겠다."

"없겠지."

노형진은 어깨를 으쓱했다.

"아마 자신이 그 꼴을 당한 이유는 잘 모를걸. 세력이 충분하니까 자기들끼리 뭐든 할 수 있을 거라 생각했겠지."

하지만 불법 위에 이루어진, 말 그대로 '사상누각'이다.

그러니 그 불법이 막혀 버리면 그들의 힘은 사라진다.

"아마 슬슬 이번 일은 내가 기획했다는 소문이 돌기 시작할 거야. 그러면 저들이 움직일 수 있는 데에는 한계가 있지."

자발적인 성 상납이면 범죄가 되지 않을 거라 생각한 그들이다.

물론 그건 틀린 말은 아니다.

하지만 범죄가 되지 않는 거지 사회적으로 지탄받지 않는 것은 아니라는 것을 이해하지 못한 것이 그들의 가장 큰 실수였다.

"그런데 여전히 이해가 안 가는 게 있는데."

노형진을 옆자리에 태우고 시동을 걸던 손채림은 고개를 갸웃하면서 물었다.

"뭐가?"

"어째서 열애설이야? 사실 이혼 같은 거 때문이라고 이야기는 했지만, 그건 열애설이 아니라 성 상납이라고 표현해도 충분하잖아."

성 상납이라고 해도, 그리고 지금처럼 이슈화만 시킬 수 있었다면 국장들의 모가지가 날아가는 건 피할 수 없다.

당연히 이혼도 마찬가지이고.

"법적으로 그게 맞으니까."

"응?"

"성 상납이라는 것은 형법상의 범죄야. 사실 기자 놈들도 자기들이 받는 입장이니까 좋게 말해서 성 상납이라고 표현하는 거지, 엄밀하게 말하면 그건 위계에 의한 강간이야."

힘이 아니라 자신의 자리를 이용해서 압력을 행사해 강간하는 행위다.

즉, 명백한 강간이 맞다.

"형법상에 성 상납이라는 죄목은 없다고. 다 자기들끼리 최대한 죄를 낮게 하려고 만들어 낸 말장난이야."

"쩝. 어찌 되었건 그것도 나쁜 건 나쁜 거잖아?"

"그게 나쁜 거기는 하지. 하지만 그 말의 기본 뜻은 상급자의 압력에 의해 하급자가 어쩔 수 없이 성적인 상납을 했다는 거야. 즉, 하급자가 피해자라는 거지. 그게 문제야."

"아, 그러네."

손채림도 노형진이 하는 말뜻을 알아차렸다.

"자발적이라는 게 문제구나."

"그래. 그래서 내가 기자들에게 성 상납이 아니라 불륜이라고 설득한 거고."

"그래서 그때 기자들이 이해하고 넘어간 거구나."

피해자가 있어야 성 상납이 완성된다.

범죄니까.

하지만 자발적으로, 도리어 스스로 제공한 성적 접대는 성 상납이 아니다.

불륜일 뿐.

"그래."

"어쩐지 기자들이 쉽게 넘어오더라."

다른 건 몰라도 외부의 압력에 굴할 사람들이 아니다.

그런데 그런 사람들이 노형진의 말에 바로 인정하면서 불륜으로 기사를 써 준 것이 이해가 가지 않았는데, 법적으로도 이건 불륜이 맞았던 것이다.

"더군다나 성 상납과 다르게 불륜은 개인의 잘못이 더 크지."

성 상납이라고 발표가 나가면 제공한 사람은 피해자의 느낌이 강하다.

하지만 불륜은 둘 다 공범이지 누군가가 피해자가 아니다.

"당연히 책임 관계도 더 커지지."

"사회적으로 이슈는 덜 타겠지만 말이지?"

"그래."

성 상납이야 흔하게 벌어지던 일이다 보니 사람들이 순간만 발끈하고 그때가 지나가면 좀 잠잠해지는 편이다.

하지만 불륜은 지극히 개인적인 배신행위다.

그러니 사회적으로 잠잠해질지언정 개개인의 책임 범위는 훨씬 더 넓다.

"그리고 그 불륜만큼 좋은 소재가 어디에 있어?"

노형진은 어깨를 으쓱했다.

"우리나라 방송국, 막장 드라마 좋아하잖아?"

"그건 그렇지, 큭큭큭."

"그러니까 내가 그 사람들을 이제 주연으로 만들어 줄 생각이야, 후후후."

네 인생은 네가 주연이지

노형진은 주웅서의 이혼 소장을 집어넣은 후에 다음 작전에 착수했다.

사실 다음 작전이라고 해 봐야 이미 계획된 거니 따로 뭘 할 건 없었다.

"소문 들었어?"

"무슨 소문?"

"차우소랑 진태주가 멱살 잡고 싸웠다면서?"

"뭐, 그게 무슨 소리야?"

동료인 서 PD의 말에 유 PD가 순간 목소리를 낮췄다.

온갖 소문이 다 도는 곳이 방송국이다.

하지만 다른 것도 아니고 두 국장이 멱살을 잡고 싸웠다니

이 무슨 깜짝 놀랄 소문이란 말인가?

"너 진짜 인터넷 안 보는구나?"

"야, 나 자연 다큐 찍느라고 3개월 만에 귀국했어. 그런데 뭔 인터넷이야?"

"아, 그랬지. 사실은 있잖아, 이상한 소문이 돌더라고. 차우소랑 진태주가 여자를 두고 멱살을 잡고 싸웠다는 소문이."

"지라시 쪽이야?"

"설마 방송국에서 때렸겠니?"

"헐, 미친. 나 아프리카에 갔다 온 사이에 뭔 일이 터진 거야?"

유 PD는 당혹감을 감추지 못했다.

그럴 수밖에 없는 게, 차우소면 예능국장이다.

그리고 진태주면 가요국장이고.

그런데 그들이 여자 때문에 멱살을 잡고 싸웠다?

"서 PD, 그거 확실한 거야?"

"모르지. 지라시잖아."

"끄응."

PD들은 지라시에 예민하다.

예민할 수밖에 없다.

사람 하나 잘못 넣으면 진짜 잘나가던 프로그램도 한 방에 훅 가는 수가 많아서, 혹시나 위험한 것은 걸러야 하기 때문이다.

"뻥이겠지. 아무리 지라시라고 하지만, 알잖아?"

지라시는 60%는 뻥이고 40%만 진짜라는 말이 있다.

그만큼 가짜도 많다는 뜻이다.

그럼에도 불구하고 지라시를 보는 건, 그 40%가 세상에 알려지지 않은 워낙 충격적인 뉴스이기 때문이다.

"그건 그런데……."

"누가 봤어?"

"보지는 못했지."

"그러면 뻥이지. 야, 입조심해. 그 두 사람한테 찍히면 내 꼴 나는 거 모르냐? 너 남극 구경하고 싶냐?"

"쩝."

안 그래도 찍혀서 아프리카에까지 갔다 온 유 PD는 조심스러울 수밖에 없었다.

서 PD도 괜히 이야기했나 하는 표정이 되었다.

"하지만 요즘 일도 있고……."

"무슨 일?"

"모 방송국의 주웅서 국장이 불륜으로 난리가 났잖아."

"뭐! 진짜야?"

"그래. 그런데 그 상황에도 자기 불륜 대상을 드라마에 박아 넣었다가 모가지가 날아갔어. 이혼소송 중이라던데?"

"드라마? 드라마라니? 아니, 불륜 대상이 배우야?"

"영아라고, 기억하냐?"

"알지. 나 나가기 전에 막 뜨던 핫 한 신인 아니야? 허미."

좀 전까지만 해도 타박을 하던 유 PD가 이번 이야기에는 엄청난 관심을 보였다.

아무리 조심한다고 해도 궁금한 건 궁금한 거다.

"그 애랑 불륜?"

"그래. 그래서 사장이 사과하고 방송위에서 중징계 떨어지고, 난리도 아니었어. 이 미친놈이 불륜 터지고 조사 중인데도 압력을 행사해서 드라마에 박아 넣었거든."

"진짜 미친 거 아냐?"

안 봐도 뻔하다.

방송국에서는 좀 잠자코 있으라고 했을 것이다.

시간이 좀 지나면 조용해질 테니까.

그런데 그럴 시기에, 해당 방송국의 드라마에 갑자기 불륜 대상이 출연하게 되었으니.

"정당한 출연이라도 잘랐어야 할 판국에……."

유 PD는 고개를 흔들었다.

방송국에서는 예정된 출연이라고 애써 실드를 쳤지만 사람들은 그렇게 생각하지 않았고, 결국 드라마에서 하차할 수밖에 없었다.

"그 애도 끝장났네."

국장과의 불륜이라니.

잠깐은 도움이 될지도 모른다.

하지만 그런 구설수에 오른 배우를 쓸 감독은 없다.

당연히 그녀의 커리어는 끝장났다고 봐야 한다.

"그런데 그거 사실이야? 성 상납 같은 거 아니고?"

성 상납이라면, 나중에 사실이 드러나면 재기할 수도 있다. 피해자니까.

하지만 서 PD는 고개를 흔들었다.

"사진까지 나왔다. 아예 찰싹 붙어서 모텔 가더라."

"끝장났네."

배우에게, 그것도 방송용 여배우에게 불륜이라는 딱지는 치명적이다 못해서 사형선고나 마찬가지다.

그럴 수밖에 없는 게, 우리나라 드라마는 대부분 아줌마나 아가씨, 즉 여성을 대상으로 제작된다.

그런데 불륜은 그러한 아줌마들이나 아가씨들이 가장 관심을 가지는 소재이자 가장 혐오하는 소재다.

실제로 불륜을 저지른 배우가 방송에 나오는 걸 그들이 그냥 두고 볼 리 없다.

"차라리 영화로 가면 모를까……."

"그 커리어로?"

서 PD가 유 PD의 말에 코웃음을 쳤다.

영화판은 난다 긴다 하는 배우들도 쉽게 가지 못하는 곳이다.

그런데 이제 신인인, 그것도 불륜녀라는 딱지를 붙이고 있는 여자를 누가 쓸까?

"아주 막장이네, 막장."

"안 그래도 요즘 괴상한 소문이 돌더라."

"괴상한 소문?"

"PD들의 불륜이 적지 않다고……."

"으음……."

유 PD는 묘한 표정을 지었다.

"뭐…… 틀린 말은 아니지."

기회를 잡고 싶어 하는 여자들은 넘치고, 발정 난 놈들도 많다. 그들이 그런 기회를 놓칠 리 없다.

"일단은 그래서 요즘은 알아서 조심하자는 분위기야. 너도 알고 있어. 차 국장이랑 진 국장 앞에서는 입 다물고."

"내가 병신이냐?"

두 사람이 투닥거리는 그때, 한 젊은 남자가 다급하게 다가왔다.

"서 PD님, 큰일…… 헉, 유 PD님."

"박 조연이 이 시간에 어쩐 일이야?"

조연출이 자신을 찾아오자 고개를 갸웃하는 서 PD.

"아니, 지금 예능 촬영이 뒤집어져서……."

"뭐? 그게 무슨 소리야?"

서 PD는 설마 좀 전까지 하던 이야기의 불똥이 자신에게 튈 거라고는 생각도 못 하고 물었다.

"그, 재연이 있지 않습니까?"

"재연이?"

서 PD의 뇌리에 불안감이 훅 치고 들어왔다.

그의 예능 프로에 고정 출연하는 신흥 아이돌이다.

그런데 왜…….

"뭐야? 그 애 열애설이라도 터진 거야?"

가끔 이런 일이 터지면 곤혹스럽기는 하다.

하지만 대부분 그냥 흐지부지 넘어가는 게 보통이다.

"그렇기는 한데…….."

"아, 미치겠네. 또 누구야? 웅태 그놈이냐?"

같은 프로그램에 출연하며 여자만 보면 헐떡대는 질 안 좋
은 남자 출연자를 생각한 그는 고개를 흔들었다.

"어차피 그런 거 한두 번이야? 우리는 몰랐다고 일단 넘어
가야지."

"웅태가 아닙니다."

"뭐?"

"웅태가 아니라 차…… 국장님."

"뭐?"

서 PD는 온몸의 피가 얼어붙은 것처럼 차갑게 느꼈다.

차 국장이라니?

회사에 차씨 성을 가진 국장은 한 명뿐이지 않나?

다름 아닌 그의 상관인 예능국장, 차우소.

"뭔 개소리야? 그분이 무슨 열애설의 대상이야?"

"그게…… 차 국장만이 아닙니다. 진 국장님도…….

"진 국장? 설마 가요국의 진태주 국장?"

"네."

"아니, 두 사람이 미쳤다고 불륜을…….

말을 하던 서 PD는, 좀 전에 유 PD와 나누던 이야기를 떠올릴 수밖에 없었다.

지라시에서 돌던, 두 사람이 여자 한 명을 두고 서로 멱살잡이를 했다는 소문.

"이런 미친…… 설마……. 야, 설마, 아니지……?"

그의 손이 바들바들 떨렸다.

그나마 새로 만든 예능이 반응이 좋아서 안도의 한숨을 내쉰 지 채 일주일도 안 지났다.

그런데 국장과의 불륜이라니?

"사진 떴습니다. 생각해 보면 재연이 추천해 준 거, 차 국장님 아닙니까?"

조연출의 말에 서 PD는 얼굴이 하얀색으로 변해서 주저앉았고, 유 PD는 그 모습을 측은한 얼굴로 바라보았다. 불륜설이 이처럼 엉뚱한 곳으로 튈 줄은 생각도 못 했던 것이다.

⚖️

"멱살 잡고 싸웠다는 게 완전 기정사실이 되어 버렸네."

"'아니 땐 굴뚝에 연기 나랴.'라는 말이 있잖아."

"이번에는 연기부터 내고 불 피운 거 아니야?"

손채림은 어이가 없다는 듯 말했다.

인터넷에 그 두 국장이 여자 때문에 멱살 잡고 싸웠다는 소문이 도는 게 먼저였고, 열애설은 나중에 터졌으니까.

그리고 소문을 낸 것은 다름 아닌 자신들.

"일단 의심부터 불러일으키고 증거는 나중에 던진다는 전략이지."

"헐? 설마?"

"인간이라는 게 원래 그래. 일단 열애설부터 터트린 다음에 나중에 멱살 잡았다고 하면, 사람들이 믿겠어?"

"안 믿겠지."

'아무리 그래도 국장인데 그러겠는가?'라는 생각에 믿지 않을 것이다.

"하지만 웃긴 게, 일단 의심부터 불러일으키고 사건을 터트리면 사람들은 믿거든."

감춰진 사건을 먼저 드러내면 사람들은 말도 안 된다고 생각한다.

하지만 슬쩍 확인되지 않은 이야기를 던져 놓고 나중에 두 사람이 동시에 열애설이 터지면, 사람들은 그럴 수도 있다는 식으로 생각이 바뀐다.

증거가 생겼으니까.

"물론 두 국장 입장에서는 미치고 환장할 노릇이겠지. 하지만 어쩔 거야?"

이미 이미지는 박살이 났다.

그리고 그에 연관된 여자까지 있다.

"아마 곱게는 못 끝날걸."

아마도 이혼소송까지 갈 것이다.

"불쌍해라. 아랫도리 잘못 돌려서 훅 가는구나."

설마 이런 식으로 그들에게 응징을 가할 거라 생각하지 못한 손채림은 머리를 흔들었다.

"기자들, 툭하면 열애설로 괴롭혔잖아? 그걸 좀 이용하는 거지."

"하긴."

본 적도 없는 사람끼리도 열애설로 묶어 대는 게 기자들이다. 그러니 증거가 있는 열애설이라면 아주 이 악물고 달려들 것이다.

"이런 식으로 몇 번 터트리면 아마 성 접대는 꿈도 못 꿀걸."

차라리 진짜 접대를 받았다고 기사가 터지면 변명이라도 하지, 열애설이 터지면 받은 사람도 접대를 한 사람도 매장된다.

"대부분의 PD들이 유부남이니 열애설이 터질까 봐 조심하겠구나."

"그래, 소비자가 끊기는 셈이지."

물론 아예 없어지지는 않을 것이다.

하지만 일단 극도로 조심하게 될 테고, 되도 않는 성 상납을 받는 건 꿈도 꾸지 못하게 될 것이다.

"만일 PD나 대상이 결혼을 안 했으면?"

"알아서 하겠지, 결혼을 하든 뭘 하든. 어찌 되었건 열애설은 양쪽 다 타격이 크거든."

연예 기획사들이 열애설을 조심하는 이유는 연예인의 가치 때문이다.

만일 한창 성장하는 연예인이 열애설이 터지면 그 가치는 절반 이하까지 떨어진다.

여성의 경우 훨씬 더 떨어지는 경우도 있고.

물론 충분히 자리 잡으면 영향이 덜하거나 거의 없지만, 그 정도 자리 잡은 연예인이 성 상납을 할 이유는 없다.

"자발적 성 상납이니까 그건 열애 맞지, 후후후."

노형진은 씩 웃었다.

"이제 저쪽은 쳐다보지도 않겠네."

"자기 인생 망치고 싶지 않고서야 그러겠지."

성 상납이야 기자들 입만 막으면 끝이지만, 가족의 입은 막을 수가 없으니까.

"자, 그러면 남은 놈들을 정리해야지."

이 문제를 일으킨 자들은 기본적으로 이쪽 인간들이다.

한 번 기회를 줬는데도 불구하고 다시 문제를 일으킨 자들.

그들에게 노형진은 두 번 기회를 줄 생각이 없었다.

　　"문제는 숫자잖아. 그들이 아무리 다급하다고 해도, 다 자르는 건 문제가 있을 텐데."

　　"그렇지."

　　노형진은 고개를 끄덕거렸다.

　　그들을 다 자르면 그들은 나가서 다시 똑같은 짓을 할 수도 있다.

　　지금이야 협회 소속이니 불륜설로 묻어 버릴 수 있지만, 아예 나가 버리면 감시하는 데 문제가 된다.

　　"물론 그들이 나가는 건 문제야. 하지만."

　　노형진은 씩 웃었다.

　　"그들이 빈손으로 나가는 건 문제가 안 되지, 후후후."

　　"빈손이라니?"

　　"그들이 고개를 뻣뻣하게 들 수 있는 가장 큰 이유는 뭘까?"

　　"당연히 성공한 소속 연예인이지."

　　"만일 그 소속 연예인이 없어지면 무슨 이야기가 나올까?"

　　"설마……."

　　"맞아. 그 설마야."

　　어찌 되었건 그들 또한 나쁜 짓을 한 건 사실이다.

　　즉, 소속 연예인들도 불법을 시행한 것이다.

　　"연예인들은 소속사가 자기를 지켜 줄 거라 생각하지. 하지만 그럴 힘이 없다고 생각된다면 뭐라고 할까? 어디 한번 두고 보자고."

아무리 소속사가 개개인을 커버한다고 해도 협회 차원에서 소속 연예인을 만나는 것을 막을 방법은 없다.

물론 매니저가 동석한다지만, 노형진은 대놓고 이야기했다.

"지금 속한 소속사는 더 이상 당신을 케어 해 줄 능력이 안 됩니다. 아시죠?"

"아니, 그건 당신들 주장이고요!"

미리 이야기를 들은 매니저는 화를 내면서 말을 끊으려고 했다.

"지금 법률적 조언 중입니다. 매니저분은 조용히 하세요."

"매니저가 이런 일을 대신해 주는 사람입니다. 그런데 왜 조용히 하라는 겁니까?"

"그래요? 그래서 당신이 법률적 대리인으로서 위임계약을 받았던가요?"

"그건 아니지만……."

"그러면 법률적 자격이 전혀 없는데 왜 언성을 높이시는 건지?"

노형진은 그를 바라보면서 미소 지었다.

그 미소에 매니저는 찔끔했다.

'전이라면 슬쩍 찔러봤겠지만.'

전이라면 매니저에게 함께 움직이라고 설득했을지도 모른다.

하지만 그는 성 상납이 이루어지는 걸 알면서도 보고하지 않고 눈감은 자다.

그런 자는 또다시 같은 문제를 일으킬 가능성이 높기 때문에, 노형진은 이번에는 아예 매니저를 배제할 생각이었다.

"만일 그 법률적 업무를 대행하시고 임금을 받았다면 그건 명백하게 변호사법 위반입니다. 임금 받으셨나요?"

"아…… 아니요."

"자격도 없고 관련 임금도 받지 않았는데 왜 여기서 소리를 지르시는 거죠?"

노형진의 '팩트 폭력'에, 매니저는 입을 열지 못하고 눈만 데굴데굴 굴렸다.

보통은 매니저가 있으면 말을 조심하기 마련인데 노형진이 전혀 눈치를 보지 않자 당황한 것이다.

'내가 너희 눈치를 볼 이유가 없지.'

애초에 퇴출 대상이 아닌가?

어차피 저쪽도 알게 될 사항이다.

그러니 여기서 막나가도 상관없다.

아니, 그렇게 되기를 노형진은 원하고 있다.

"계약을 하셨지요? 그 계약을 해지하는 건 어떠신가요?"

"어떤 계약요?"

이것이 법이다

"전속 계약 말입니다."

"네?"

깜짝 놀라는 연예인.

그는 다급하게 매니저의 눈치를 살폈다.

"아니, 그걸 왜……?"

"같이 망하실지 아니면 혼자라도 살아남으실지, 기회를 드리는 겁니다."

"기, 기회……."

"네, 지금 방송계에서 무슨 일이 벌어지고 있는지는 아시죠?"

"그건…… 네."

불륜설로 인해 국장들의 모가지가 날아가고, 관계자들은 다들 숨을 죽이고 혹시나 자신에게 불똥이 튈까 봐 눈치를 보고 있다.

지금 노형진의 눈앞에 있는 연예인은 그 말을 하면서도 매니저에게서 눈을 떼지 못하고 있었다.

'성 상납이라는 것이 여자한테만 벌어지는 일은 아니지.'

물론 대다수 여성 연예인들에게 벌어지는 것이기는 하지만, 대다수라는 것이 절대적이라는 뜻은 아니다.

방송계에서 일하는 사람들 중에는 여성도 있고, 그런 여성에게도 성 상납이 벌어지는 것이 현실이다.

"열애설 좋아하십니까? 드라마 작가와 열애설이라……. 멋진 그림이 나올 것 같은데요. 뉴스의 주인공이 되실 겁니다."

꿀꺽!

남자 배우는 어쩔 줄 몰라 허둥지둥했다.

"그, 그게…… 그런데 왜요?"

"제 조건은 간단합니다. 저희도 조용해지기를 원합니다."

"조용해지기를…… 원하신다고요?"

"네, 이런 일이 커지면 사람들이 염세적으로 바라볼 뿐이
지 좋은 건 아니지 않습니까?"

그건 사실이다.

매일같이 열애설이 터지면 사람들도 지친다.

노형진이 성 상납으로 터트리지 않은 이유 중 하나가, 바
로 성 상납 사건은 워낙 흔하게 터져서 사람들이 지쳤기 때
문이기도 했다.

"그래서요?"

"그곳에서 나와서 제대로 된 곳으로 와 주시기 바랍니다."

"하지만 아까 변호사님 말씀대로 계약이 되어 있는데……."

전속 계약이 되어 있다면 그곳에서 나오지 못한다.

마음대로 나가려고 하면 소송이 걸릴 수밖에 없다.

"저희가 활동하지 못하게 하기 위해 설마 협회에서 소송을
걸겠다는 건가요?"

"소송을 걸려면 당사자가 거셔야지요."

노형진은 당황해서 어쩔 줄 몰라 하는 매니저를 보면서 속
으로 피식 웃었다.

"그렇게 당황하지 말고 녹음이라도 하세요."

"네?"

"녹음이라도 해야 가서 변명이라도 할 거 아닙니까?"

당황해서 입을 쩍 벌리는 매니저.

설마 노형진이 대놓고 녹음하라고 할 줄은 몰랐던 것이다.

하지만 노형진이 녹음을 하라고 한 것에는 다 이유가 있었다.

"저쪽에서 녹음을 하고 있으니 단도직입적으로 말하겠습니다. 귀사의 소속사는 협회의 주요 규칙을 어겼기 때문에 법률적으로 제명을 당하든가, 아니면 그에 따른 처벌을 받게 될 겁니다."

"제명은 알겠는데 처벌이라 하면……."

"아마 관련 시설의 사용 금지 처분이 떨어지겠지요."

"관련 시설?"

"네."

연습실이나 숙소 같은 공간의 사용 금지 그리고 공동 차량이나 코디같이 협회에서 지원하는 모든 것을 일정 기간 사용하지 못한다는 뜻이다.

"그 말은, 연예인들에 대한 지원이 완전히 불가능해진다는 뜻이지요."

"그, 그런……."

물론 그는 어느 정도 성공해서 돈을 벌고 있다.

하지만 정산을 하기에는 아직도 턱없는 금액이 남아 있고,

계약상 투자금이 늘어날수록 정산은 점점 더 미뤄질 수밖에 없다.

"거기에다 귀사에서 키우는 다른 가수들도 있지요? 흔하게 있는 일입니다, 당신을 통해 번 돈을 다른 사람에게 투자하는 건."

그리고 그가 성공하면 몇 배로 벌어 오는 거다.

"문제는, 귀사는 더 이상 당신을 케어 할 능력이 없다는 거죠."

돈도 없고, 연습할 공간도 없고, 인력 지원도 없다.

그런 만큼 모든 것을 회사의 자체 자금으로 해결해야 한다.

"소속사니까 아실 겁니다. 가능할까요?"

"그건……."

가능할까?

할지도 모른다.

하지만 문제는, 협회가 가지고 있는 사진이다.

'젠장.'

회사가 가능하다고 해도, 저 사진 하나면 그 가능은 불가능이 되어 버린다.

터무니없는 불륜설에 휘말려 버린 그를 어떤 감독이 쓰겠는가?

당장 룸살롱에 한 번만 가도 이미지가 바닥으로 떨어져서 재기 못 하는 게 남자 연예인들이다.

그런데 나이가 서른 살이 넘게 차이 나는 드라마 작가와의 불륜?

'젠장……'

얼마 전에 파멸해 버린 영아라는 배우가 생각난 그는 부들부들 떨었다.

그날 이후 영아는 모든 배역에서 잘리고, 심지어 출연하던 드라마에서도 갑자기 비명횡사하는 걸로 하차해 버렸다.

그녀는 뒤늦은 후회를 했지만 상황을 바꿀 수는 없었다.

"이거 협박이야, 협박!"

"협박이 아닙니다. 전 협회의 대리인입니다. 그리고 대리인은 협회 소속의 연예인과 소속사에 법률적 조언을 할 자격이 있습니다만."

"그건……"

"조합의 규칙 좀 읽어 보시죠."

매니저는 꿀 먹은 벙어리가 되었다.

그걸 읽어 볼 이유가 없었으니까.

하지만 확실한 것은, 그로서는 이번 사건을 막을 수 없다는 것이다.

"법률적 조언자로서 말씀드리는 겁니다. 계약이라는 것은 양 당사자가 그 계약을 지킬 수 있는 능력이 될 때 성립하는 겁니다. 만일 일방이 계약을 지킬 수 있는 능력을 상실한다면, 그로 인해 다른 일방에게 약속된 지원을 해 줄 수가 없게 된다면 그건 명백한 계약 해지의 사유가 됩니다."

"그런가요?"

"그럼요."

가령 버스 기사와 관광을 가는 사람들이 운송계약을 맺었는데 버스 기사의 버스가 사고가 나서 주행이 불가능해진다면, 버스 기사는 관광을 하려고 하는 사람들을 잡을 자격이 없다.

그 자신이 서비스를 제공할 수 없는데 어떻게 상대방에게 계약을 지키라고 요구할 수 있겠는가.

"그쪽은 이미 지원이 모두 차단된 상태입니다."

설사 아직 차단당하지 않았다고 해도 결국은 차단을 당할 수밖에 없다.

"원하시면 협회 차원에서 관련 증거를 제공해 드리지요."

남자 연예인은 눈을 데굴데굴 굴렸다.

그러다가 한참 지나고 나서야 조심스럽게 입을 열었다.

"좀 자세하게 이야기할 수 있을까요?"

"야! 너 무슨 말을 그렇게 해!"

"형…… 잠깐…… 나 이야기 좀 들어 볼게. 자리 좀 비워 줘."

매니저보고 자리를 비워 달라는 말.

그건 결국 소송을 진행하겠다는 뜻이다.

그 말뜻을 알아차린 매니저는 자리를 박차고 일어났다.

"이런 씨발!"

그리고 나가면서 다급하게 전화를 들었다.

당장 사장에게 전화를 하기 위해서였다.

"자, 그러면 이야기를 시작해 볼까요?"

노형진은 빙긋 웃으며 말했다.

⚖

노형진의 적절한 법률적 조언은 아주 강력한 효과를 발휘
했다.

해당 소속사가 지원을 해 줄 능력이 안 될 거라 생각한 소
속 연예인들이 너도나도 계약 해지 소송을 시작한 것.

"나갈 수는 있지. 하지만 가지고는 못 나가지."

노형진은 피식 웃으면서 서류를 덮었다.

"거의 다 소송을 선택했네. 어떻게 안 거야?"

"자기 욕심을 채우기 위해 성 상납에 자발적으로 나선 인
간들이, 설마 사장과의 의리를 지키기 위해 자신의 불이익을
참고 소송을 안 할까?"

"그건 그러네."

분명히 그들은 자신들이 성 상납을 함으로써 얻을 이익과
그로 인한 동료들의 상대적 불이익을 알고 있었다.

그럼에도 이득을 위해 상납을 선택한 것이 그들이다.

"그러니까 이건 당연한 결과인 거야."

"하지만 이기면 결국 재기하잖아."

"이기면 그렇지."

"응?"

"툭 까고 말해서, 이건 승자 없는 싸움이야."

"어째서?"

"이긴다고 한들, 어디로 갈 건데?"

"아⋯⋯."

그들의 행동에 대해 알고 있는 협회 소속의 엔터테인먼트사들?

그들이 위험부담을 감수하고 과연 받아들일까?

물론 여기에 가입하지 않은 일부 대형 소속사들도 있기는 하다.

하지만 과연 그들이 그런 소속사에서 관심을 가질 만큼 메이저 연예인일까?

"절대 아니지. 아마 그런 곳에서도 관심을 보이지 않을 거야."

결과적으로 그들은 계약 해지 소송을 할 수는 있고 또 이길 수도 있다.

하지만 그 후에는 어떤 곳도 가지 못한다.

"물론 개인적으로 활동할 수는 있겠지."

하지만 그런다고 해서 그들이 바로 자리를 잡고 치고 들어갈 수 있는 급은 되지 않는다.

"더군다나 말이야, 소송 중인 연예인은 방송 출연이 불가능하거든."

방송뿐만 아니라 라디오, 영화, 심지어 연극까지, 그 책임이 확실해지기 전까지는 무엇도 할 수가 없다.

"이 바닥은 흐름이 빠르지."

진짜 어지간한 재능과 노력이 아니면 자리를 잡기 힘들다.

그런 것도 힘들어서 몸 로비를 했던 자들이, 과연 3~4년 후에 소송이 끝난 후에 자리를 잡을 수 있을까?

그 가능성은 제로라고 봐도 무방하다.

"결국 그들은 양쪽 다 망할 수밖에 없는 거야."

"그러면 그 불륜의 증거는?"

"그건 내가 써먹으면 협박이 되거든."

그렇다고 섣불리 뿌릴 수 있는 것도 아니고 말이다.

"그리고 이건 또 다른 목적이 있지."

"다른 목적?"

"그래, 내게 불륜의 증거가 있어. PD들이나 방송계에서 힘이 있는 자들이, 과연 어떻게 할까?"

"아……."

이쪽 눈치를 본다.

당연히 섣불리 성 상납을 요구하지는 못할 것이다.

오히려 혹시나 함정이 아닐까 해서 오는 성 상납도 거절할 가능성이 높다.

"또 그런 놈이 있다면 그걸 터트리면 그만이지."

노형진은 느긋하게 의자에 기대어 누웠다.

　그의 계획대로, 누구도 성 상납을 마음대로 하지 못하게
되어 버렸다.

　서로가 서로를 의심하고 또 경계할 테니까.

　"뭐, 이상적인 건 아니지만 말이지."

　가장 이상적인 것은 서로가 존중해서 안 하는 거지만, 인
간이 그런 존재라면 애초에 변호사라는 직업 자체가 필요 없
을 것이다.

　"목적을 이루었으면 된 거지, 뭐. 후후후."

　"쯧쯧."

　손채림은 자기들끼리 박 터지게 싸우고 있을 연기자와 소
속사를 생각하면서 혀를 끌끌 차는 것 말고는 해 줄 수 있는
게 없었다.

　"자업자득이라고, 자업자득. 후후후."

악마의 편집

"덕분에 조용해졌습니다."

박상규는 즐거운 표정으로 말했다.

"슬슬 눈치 보던 사람들이 이제 찍소리도 못 합니다. 저쪽은 뭐, 사실상 와해되었고요."

"그렇다고 해서 갑질하면 안 됩니다."

"그럴 리가요. 저도 이 바닥을 압니다, 하하하. 사실 제가 대룡에 들어가기 전에 이 바닥에서 매니저로 좀 굴렀거든요."

"어? 그래요? 어쩐지 다른 사람들은 한 달이 멀다 하고 도망가던데 잘 버티신다 했습니다."

"이쪽이 한량이나 뻥카 치는 애들이 좀 많습니다. 사업가적 마인드로 접근하면 사실 대부분 사기나 마찬가지죠. 그걸 적당히 감안해서 들어야 하는데 그걸 몰라서 그랬던 겁니다, 하하."

"뭐, 잘 안다고 하시니 제가 걱정은 하지 않겠습니다만, 그래도 정말 갑질은 하시면 안 됩니다."

"걱정하지 마십시오. 아무리 대룡이 커도 결국은 협동조합의 조합원이라는 것쯤은 알고 있습니다."

자발적으로 성 상납을 하던 기업들이 한꺼번에 날아가자 협회는 다시 정상적으로 돌아가기 시작했다.

물론 불만이 없는 것은 아니었지만 불만을 이야기할 통로는 분명히 존재했고, 박상규는 그곳을 통해 불만을 이야기한다고 불이익을 주는 사람은 아니었기 때문에 일단은 문제가 없었다.

"그런데 괜찮으시다면 이번 일의 근본적인 문제를 좀 해결하고 싶은데요. 자꾸 일을 맡기는 건 죄송합니다만……."

"제가 고문 변호사니까 당연한 겁니다. 그런데 근본적인 문제라뇨? 무슨 일이 더 있었던 겁니까?"

"네."

"근본적인 이유는 PD들 아니었습니까? 애초에 그들이 요구하니까 벌어진 일이었겠지요."

"틀린 말은 아닙니다만, 자발적으로 나설 수밖에 없었던 이유도 있습니다. 그들의 영향력에 의한 문제가 있거든요."

"영향력이라……. 단순히 그들이 자신들이 가진 힘으로

협박한 게 아니란 말씀이십니까?"

성 상납을 요구하는 PD들과 방송국 사람들.

그리고 뜨고 싶은 마음에 그걸 자발적으로 하는 일부 연예인들.

그들이 이번 문제를 만든 것 아니었던가?

그런데 노형진이 들은 말은 생각지도 못한 것이었다.

"반은 맞고 반은 틀립니다."

"반은 맞고 반은 틀리다?"

"네."

박상규는 이야기가 좀 길어질 거라는 듯 자세를 바꿨다.

노형진도 맞은편 소파에서 자세를 바로 했다.

"뭐 다른 이야기가 또 있나 봐요?"

손채림은 호기심 어린 표정으로 물었다.

많은 젊은 여자들이 그렇듯이 그녀도 이런 연예계 쪽에 관심이 많으니까.

"자발적 성 상납을 한 애들이 나쁜 건 사실입니다. 하지만 안 그러면 살 수 없는 구조도 문제죠. 대놓고 협박은 안 합니다만, 그에 준한다고 해야 할까요."

"안 그러면 살 수 없다?"

"네. 요즘 방송국에서 안 좋은 버릇을 들여 놔서요. 아주 악질적이라고 해야 할까요?"

"안 좋은 버릇?"

"혹시 레일이라는 가수 아십니까?"

손채림이 바로 끼어들어 알은척을 했다.

"아, 알아요. 그 사람 인성 개떡 같다고 하던데요?"

다른 건 몰라도 그건 알고 있었다.

그리고 이런 건 그녀가 노형진보다 더 잘 알았다.

얼마 전 모 프로그램에 나온 레일이라는 무명 가수는, 실력은 좋은데 인성이 너무 안 좋았다.

그래서 사람들에게 찍혀서 연예계에서 사실상 퇴출당했다.

"아무리 랭킹전 프로그램이라고 하지만 그런 식으로 말하면 안 되는 거죠. 좀 떴다고 너무 기고만장하더라고요."

손채림은 새삼 그때의 일이 기억나는 듯 눈을 찌푸렸다.

물론 노형진은…….

"그런 일이 있었어?"

전혀 몰랐고 말이다.

"아, 말도 마. 입이 얼마나 거친데. 아주 그냥 입에 욕을 붙이고 살더라. 폭행 시비도 일어났었어."

"폭행 시비?"

"그 프로그램이 랭킹전을 하는데, 어느 정도 순위가 되면 합숙을 하거든."

그런데 그곳에서 다른 동료 가수를 밀치면서 분란을 일으킨 것.

리얼리티를 추구하는 방송답게 그걸 그대로 방송했고, 레일은 사실상 방송계에서 퇴출되었다.

"음, 그런데 그 사람이 왜요? 그 사람이 재기하려고 성 상납을 먼저 시작한 건가요?"

박상규의 표정이 씁쓸하게 변했다.

"아니요. 도리어 반대입니다. 상납을 거부해서 그 꼴을 당한 거죠."

"네? 그게 무슨 말씀이세요?"

생각지도 못한 말에 손채림은 깜짝 놀랐다.

상납을 거부해서 그 꼴을 당하다니?

"레일, 남자 아니었어요? 그런데 성 상납을 요구했어요? 설마 PD가 게이?"

"아, 남자였어?"

"남자입니다. 그리고 요구한 건 성 상납이 아니라 돈이었습니다."

"아……."

남자한테 성 상납은 받을 수 없으니 결국 돈을 요구한 모양이었다.

그런데 상납을 안 했다라…….

그 이후에 벌어진 일을, 박상규는 천천히 이야기했다.

"악마의 편집이라고 아십니까?"

"악마의 편집?"

"네, 방송계 용어입니다. 뭐, 요즘은 대부분 아십니다만.

편집을 할 때 특정 상대에게 불리하게 하는 겁니다. 뭐, 자극적인 소재가 들어가야 시청률이 나온다는 방송국의 말도 맞기는 하지만, 사실 악마의 편집의 대상은 둘 중 하나죠. 첫째, 원래 그걸 당할 수밖에 없을 만큼 진짜로 성격 안 좋은 사람이든가…….”

“둘째는 보나 마나 자기 요구를 안 들어줘서 찍힌 사람이겠군요.”

“네.”

“헐, 그런 게 있다고?”

“대부분 단어만 알지 그 내면은 모르니까요.”

그냥 자극적으로 편집을 하니까.

오로지 시청률만 나올 수 있다면 뭐든 하니까.

“실제로 그런 악마의 편집으로 자살한 일반인 출연자도 있었고, 뜨는 연예인이 그런 악마의 편집으로 묻혀 버리기도 했지요.”

“으음…….”

“편집의 권한은 PD에게 있습니다. 그리고 그게 이번 사건의 발단이 된 거죠. 안 좋게 보이면 단순히 연예인으로서만 끝장나는 게 아니라 사회적으로도 매장되어 버리니까요.”

어떤 식으로든 출연하는 것도 중요하지만 좋은 모습을 보이는 것도 중요하다.

그런데 악마의 편집이 되어 버리면 흥행은커녕 도리어 한국에서 매장되어 버리니까…….

"그 당시에도 레일이 잘못한 건 없습니다."

"어떻게 아세요?"

"그 당시 프로그램 출연자 중에 우리 대룡 출신도 있었거든요."

"아…….."

"그런데 이야기를 들어 보니 가관이더군요."

레일은 사실 작은 소속사 출신이었다.

워낙 작아서 소속된 사람도 레일 하나고, 레일 빼고는 연습생 세 명이 전부라고 한다.

당연히 레일은 충분한 지원을 받지 못했고…….

"원래 레일이 집이 좀 가난합니다."

가난한 집에서 자란 데다가 공부도 그리 잘하는 타입은 아니었다.

거기에다 연습생으로 있었던 기간도 무척이나 짧았고.

"하지만 길거리 캐스팅으로 올 만큼 실력 하나는 확실하지요. 저도 탐이 나더군요."

"그런데요? 그거랑 악마의 편집이랑 무슨 관계가 있는 건지 모르겠네요."

"일단 레일이 공부를 좀 못합니다. 그래서…… 음…… 좀 안 좋은 학교를 나왔습니다. 소위 '똥통'이라고 하죠."

"아…….."

학교에 급을 매기는 것이 안 좋기는 하지만, 그래도 급이 있긴 하다.

그리고 급이 안 좋은 학교에는 질이 안 좋은 애들도 좀 많다.

그래서…….

"입이 좀 거칠겠군요."

"네, 그게 문제죠."

그런 곳에 다니다 보면 입에서 나오는 말의 3분의 1은 욕일 정도로, 제대로 된 말하기 훈련이 안 된다.

말을 하는 방식도 결국은 배우는 거다.

사회생활을 할 때 말을 어떻게 전달하느냐가 관건이니까.

아 다르고 어 다르다는 말은 그냥 생긴 말이 아니다.

오죽하면 말 한마디에 천 냥 빚 갚는다는 말도 있겠는가?

"소속사에서도 그걸 고치려고 했는데 쉽지 않았던 모양이더군요."

"십수 년을 그렇게 살았는데 쉽게 고쳐질 리 없지요."

노형진은 고개를 끄덕거렸다.

이해가 간다.

"그런데 여전히 핵심은 말 안 하셨습니다. 어째서 악마의 편집의 희생양이 된 겁니까?"

"첫 번째는 PD에게 인사를 안 한 게 문제였죠."

"인사? 설마 고개 뻣뻣하게 든 건 아닐 테고. 아까 말씀하신 돈이군요."

소속사가 작다고 했으니 PD에게 소위 인사라고 하는 뇌물을 주지도 못했을 것이다.

"네, 애초에 출연하게 된 것 자체가 협회에서 실력을 보고 추천한 거라서요."

"흠……."

돈이 없어서 찍혀 있는 상황.

그리고…….

"그 프로그램에 우승 후보가 있었습니다. 사실 우승 후보라고 해 봐야 뭐, 비트박스라는 대형 소속사에서 박아 넣은 애니까 확정이라고 봐야겠지만요."

"일종의 내정인 셈이군요."

"네, 요즘은 프로그램에 그런 소속사에서도 투자를 하거든요."

해당 소속사는 적지 않은 돈을 투자했고, 그 대신 그 가수의 우승을 보장받았다.

사실 속임수나 마찬가지이지만 어쩔 수 없는 현실이다.

"그쪽이랑 충돌이 있었나 봅니다."

"충돌?"

"네."

한쪽은 가난하고 제대로 지원도 못 받는 가수.

다른 한쪽은 프로그램에서 우승을 내정받을 정도로 빵빵하게 지원을 받는 가수.

"그 아이가 대놓고 욕을 했다고 하더군요."

"어머, 어머? 그 당시 우승자라고 하면 도리 아니에요, 장도리?"

"아시네요."

"알죠. 젠틀한 이미지로 얼마나 인기가 많은데요. 오죽하면 도리를 지킨다고 해서 닉이 도리잖아요. 그리고 성이 장씨라서 장도리. 팬클럽도 있잖아요, 장도령이라고."

"맞습니다. 잘 아시네요."

"흠……."

노형진은 대충 그림이 그려졌다.

어차피 이런 프로그램은 악마의 편집을 해서 누구 하나 상병신을 만들어야 이슈를 타고 시청률이 오른다.

그런데 주요 투자자가 넣은 우승 후보와 트러블이 있는, 힘없는 소속사의 가수.

'거기에다가 입도 좀 거친 편이고.'

실력도 없지 않다.

그래서 상당히 버티면서 시청률도 끌어 주고, 소위 말하는 어그로 대상이 되어 줄 수 있다.

그러면…….

"그래서 악마의 편집 대상이 된 거군요."

"네. 이해가 빠르시네요."

박상규는 안타깝게 말했다.

"물론 장도리가 못한 건 아닙니다. 하지만 레일보다는 한 수 아래죠. 랩을 하는데…… 뭐랄까…… 영혼이 없달까?"

"랩? 아, 랩 프로그램이었습니까?"

"네? 아, 네."

"아하."

그런 프로그램이라면 레일의 거친 모습 또한 악마의 편집의 대상이면서 또한 볼거리가 되었을 것이다.

"그래서 준결승까지는 갔는데 결국 4위로 끝났죠."

문제는 이미지가 개떡이 되어서 아무 곳에서도 안 불러 준다는 것.

"랩이라……."

"장도리는, 래퍼로서는 글쎄요?"

어깨를 으쓱하는 박상규.

"잘 못하나 보군요."

"랩이라는 게 음악으로 시작된 이유를 아신다면 제가 왜 래퍼로서 실력이 없다고 하는 건지도 아실 겁니다."

"무슨 뜻인지 알겠습니다."

랩이라는 것은 사회에 대한 저항 의식에서 시작된 음악이다.

물론 나름의 규칙이 있고 방식이 있지만 기본적으로 하류 문화에서 시작된, 강렬한 비트를 기반으로 해서 현실에 대한 독설을 날리는 것이 랩이다.

현실에 대한 분노와 사회에 대한 분노 그리고 자신의 삶에 대한 자괴감.

그런 것이 뒤섞이면서 분출되는, 다른 음악에서 볼 수 없는 감정의 폭풍이 랩의 핵심이라고 볼 수 있다.

"장도리는 그 현실에 대한 감정이 없지요. 하긴, 애초에 보이 그룹에 속한 래퍼로서 키워 온 아이인지라 그런 건 무리일지도 모르겠네요."

금이야 옥이야 큰 회사에서 연습을 시키면서 데뷔한 장도리가, 사회의 밑바닥에서 쓴맛이란 쓴맛은 다 봐 가면서 성장한 레일의 강렬한 감정을 따라잡는 것은 무리였을 것이다.

"하긴, 그 애는 밋밋하기는 하더라. 실력은 레일이 짱이었지. 인성이 뭐 같아서 탈락했지만."

"흠……."

노형진은 대충 상황이 이해가 가기 시작했다.

"하지만 두 사람이 싸웠다고 해서 레일이 마냥 착한 건 아닐 텐데요? 물론 싸운 이유는 모르지만. 법에서도 쌍방이라는 게 있습니다."

"레일이 싸운 건…… 그게…… 후우……."

한숨을 푹 쉬는 박상규.

그는 조심스럽게 입을 열었다.

"장도리가 먼저 레일을 욕했습니다. 사실 단순히 욕한 정도가 아니죠."

"뭐라고 했는데요?"

"더러운 창녀의 자식이라고 했답니다."

"허."

"어머! 그게 확실해요? 말도 안 돼!"

"확실합니다."

주변에 함께 방송이 출연한 다른 사람들도 분명히 존재했다.

심지어 스태프들도 있었다.

그런데 합숙소에서 본 첫날, 그런 욕을 하다니.

"그게…… 문제가 되는 게……."

"뭐가 문제가 된다는 겁니까?"

"그게 거짓말은 아니거든요."

손채림도 노형진도 얼굴이 딱딱하게 굳었다.

그 말은 레일의 어머니가 진짜로 화류계 여성이라는 소리
가 아닌가?

"레일은 아버지가 없습니다. 일찍 돌아가셨지요."

"으음……."

그런 상황에서 배운 게 없는 엄마가 할 수 있는 일은 거의
없었을 테니, 울며 겨자 먹기로 술집으로 갔을 것이다.

그리고 그 아래서 레일이 컸을 테고.

"아무래도 좋은 감정은 아니겠지요."

자기 때문에 어머니가 망가졌다는 자신에 대한 혐오.

그런 일을 하는 어머니에 대한 혐오.

그리고 자신들을 이렇게 밀어붙이는 세상에 대한 혐오.

"웃기지만, 소속사 사장이 그러더군요. 마치 레일이라는 래퍼를 만들어 내기 위해 세상이 괴롭힌 것처럼, 삶의 모든 것이 최악이라고."

"후우."

그런 삶을 살아왔다면 아마 랩이 추구하는, 세상에 대한 저항이나 분노가 안 생길 수가 없었으리라.

"우연치고는…… 참……."

손채림이 왠지 씁쓸하게 말하자 노형진은 입맛을 다시며 말했다.

"우연이라고 생각해?"

"응? 뭐, 설마 우연이 아니라고?"

"아닐걸."

한국은 패륜에 대해서는 무척이나 예민한 국가다.

아무리 톱 배우라고 해도 패륜을 하면 그 순간 생매장이다.

"너 같으면 아무리 마음에 안 드는 상대라도 부모보고 창녀라고 하겠어? 그것도 사람 있는 데서? 보자마자?"

"아니, 못 하지."

"그래, 못 해. 알기 전에는."

"잠깐…… 그 말은?"

"그래, 알고 있었다는 거지."

여기서 문제가 생긴다.

단순히 프로그램에서 만나서 랩으로 배틀을 하는 대상이

라면 모르지만, 상대방에 대해 뒷조사를 한다?

이건 아주 심각한 문제다.

"아니, 그것까지는 이해할 수 있어. 지피지기 백전불태라는 말은 어지간하면 다 아니까."

더군다나 장도리는 대형 소속사인 비트박스 소속이다.

레일의 실력이 그렇게 뛰어나다면 비트박스는 그에 대해 경계를 했을 것이다.

자신들의 가수인 장도리를 위협할 수 있는 상대니까.

그러니 조사를 할 수도 있다.

"문제는 그걸 입 밖으로 꺼낸 거지. 그것도 사람 많은 곳에서 말이야."

까딱 잘못하면 자기가 인성 논란에 휘말려 날아갈 수도 있는 말이다.

"아무리 철이 없다고 해도 그렇게 생각이 없지는 않을 테고. 아마 그 애에게 한 말이라기보다는, 주변에 들으라고 한 거겠지. 안 그렇습니까?"

박상규는 고개를 끄덕거렸다.

"그럴 겁니다. 실력에서 밀리니까 다른 걸로 묻어 버려야 했으니까요."

실력은 누가 봐도 레일이 위다.

이 상황에서 장도리가 우승하면 말이 나온다.

그걸 막기 위해서는, 레일이 점수가 떨어져도 이해가 될 만한 다른 것이 필요하다.

가령 인성 논란 같은 거 말이다.

그리고 마치 우연처럼 장도리가 한 말에 레일은 발끈해서 덤볐고, 그게 방송을 탔다.

모든 원인은 삭제된 채로.

"아니, 다른 사람들은 그걸 그냥 놔둬?"

"연예계라고 해서 정치 싸움이 없는 건 아니야."

대놓고 그런 말을 했는데도 불구하고 장도리는 살았고, 레일은 죽었다.

그걸 보면서 다른 출연자들이 뭐라고 생각했을까?

매니저나 소속사는 지금 무슨 일이 벌어졌는지 알고 잽싸게 장도리 측에 줄을 섰을 것이다.

"레일은 그럼 혼자서 싸운 거야?"

"그런 거겠지."

"어머, 어머. 진짜…… 너무하다. 난 그것도 모르고."

왠지 미안한 마음이 드는 손채림이었다.

그녀 자신도 그 싸가지없는 행동을 보면서 나쁜 놈이라고 얼마나 욕했던가?

"웃기네."

"응? 뭐가?"

"아니, 그 장도리라는 이름 말이야. 도리를 다해서 장도리라니. 그런데 래퍼라면서? 이미지가 너무 안 맞잖아."

"어, 그런가?"

"랩이 뭔데?"

사회에 대한 반항을 기반으로 하는 음악이 랩이다.

그런데 도리를 다해서 닉이 도리라니.

진짜 어울리지 않는 이름이다.

"보통 랩 하는 사람들은 자기 닉에도 의미를 담으려고 하거든. 최소한 자기가 좋아하는 이름을 쓰지. 그런데 설마 애정 대상이 장도리는 아닐 테고."

장도리는 작은 망치의 일종이다.

당연히 그걸 좋아할 리는 없을 테니, 위에서 지어 준 이름일 것이다.

즉, 거기서부터 래퍼로서는 실격이라는 소리다.

"그러면 레일은?"

"기차 레일은 수천 톤의 기차에 매일같이 깔리면서도 강하게 버티죠. 말 그대로 강철이니까요. 그런 강인함을 가지고 일어나고 싶다고, 레일이 직접 지은 이름이랍니다."

박상규가 나름 설명을 해 주었다.

"결국 나쁜 놈은 따로 있는데 엉뚱한 사람이 피해자가 된 거군요."

"네. 그런데 아까도 말했지만 그 요구 조건이 돈만 있는 게 아니거든요."

이번 일은 돈이었지만, 여성 랭킹전의 경우 성 상납을 요구하는 경우도 있다고 한다.

만일 출연자가 하기 힘들 경우 연습생이라도 데려오라면서 말이다.

"망할 PD 놈들."

"어쩔 수 없는 현실이지."

"이제는 그런 짓 못 하겠지?"

과거의 성 접대가 아니라, 말 그대로 불륜으로 몰고 가서 사회적으로 매장시켜 버리니까.

"그래. 그건 어떻게 해결됐다고 볼 수도 있지만, 돈을 요구하는 경우도 정말 문제이기는 하다."

레일의 소속사에서 돈을 못 주니까 찍어 낸 것이니까.

그리고 성 접대가 힘들어지면 도리어 돈을 더 많이 요구할 수도 있다.

그 돈으로 화류계에 가야 할 테니까.

"와, 진짜……."

"물론 그런 PD들은 일부입니다. 요즘은 시대가 바뀌었으니까요."

"압니다, 일부인 거. 문제는 그 일부를 잘라 낼 방법이 없다는 거죠."

"네, 그게 문제죠."

한국은 내부 고발에 대해 상당히 예민하다.

정상적인 사람이 그런 PD를 고발한다고 해도 잘려 나가는 것은 도리어 고발자다.

그러니 정상적인 PD들도 그냥 상종 안 하는 정도로 끝내지, 그를 쫓아내지는 못한다.

"더군다나 상부는 오래된 사람들이거든요."

"끄응."

과거에 성 접대와 뇌물이 공공연하게 존재하던 시절에 활동하던 사람들.

그들이 승진해서 상급자가 되자 성 접대와 돈을 주는 소속사를 찾을 수밖에 없고, 그런 걸 제공하는 PD를 예뻐할 수밖에 없다.

그러니 정작 승진해야 하는 사람은 못 하고 엉뚱한 PD만 승진하는 악순환.

"하여간 요즘 방송국에서 그 악마의 편집에 아주 제대로 맛을 들였습니다."

시청률 나오지, 인기 끌지, 거기에다 이슈도 탈 수 있고, 자기 말을 듣지 않는 사람들에게 복수도 할 수 있다.

거기에다 지극히 합법적이며 또한 자기 권한이다.

"악마의 편집, 악마의 편집 하는 소리는 들었지만."

손채림은 더럽다는 표정으로 중얼거렸다.

별생각 없이 그냥 재미있다고 본 프로그램의 내면이 너무나 추했다.

"생각해 보면 이거 웃긴 건데."

"뭐가?"

"명예훼손과 허위 사실 유포라는 죄목이 생긴 이유가 뭔데?"

"아, 그러네."

그런 법률이 생긴 것은 헛소문으로 인해 사회적으로 피해를 입는 것을 막기 위해서였다.

의외로 그런 짓을 하는 놈들이 많아서, 지금까지도 고소가 많이 이루어지는 사건이고 말이다.

"악마의 편집이라고 말하지만 사실 방송에서 대놓고 그런 범죄를 저지르는 거야."

"으음……."

"그걸 시청률이라는 핑계로 포장하는 거고."

"네, 그게 문제입니다."

박상규는 안타깝다는 듯 말했다.

"더군다나 이쪽은 철저하게 약자입니다. 애초에 방송에 출연할 때 동의서를 써 주지 않으면 출연 자체가 불가능하죠."

실제로도 편집의 방향에 대해 터치하지 않는다는 조항에 동의하지 않으면 방송 출연은 불가능하다.

물론 유명하거나 힘이 있는 소속사의 가수나 연예인이라면 상관없는 조항이겠지만.

"소속사가 작거나 무명이라면 심각하겠네요."

"맞습니다."

자신을 알릴 수 있는 기회에 매달려야 하는데, 그에 사인을 하지 않으면 기회조차 주지 않는다.

그러니 그저 악마의 편집을 피하기를 기도하면서 사인을 하는 수밖에 없다.

"물론 방송국에서는 시청률을 이야기하지만……."

"웃기는 소리죠. 애초에 이게 말이나 되나 싶네요."

국민들의 일말의 호기심이라도 자극하기 위해 한 사람의 인생 자체를 박살 내는 것이 바로 악마의 편집이다.

과연 그게 정상적인 행동일까?

윤리적으로 사람들의 재미를 위해 한 사람을 죽도록 몰아가는 게?

"콜로세움이네."

손채림의 그 말 한마디가 모든 것을 대변했다.

콜로세움.

검투사들은 귀족들의 유흥을 위해 목숨을 걸고 싸우고 또 죽어 나갔다.

"콜로세움이라……. 맞습니다. 촌철살인이네요. 현대판 콜로세움이라고 보시면 됩니다."

"음……."

"그리고 저도 이 세계를 알지만, 그런 식으로 악마의 편집하는 프로그램들 중 좋은 꼴 본 프로그램이 없습니다."

"인간은 피로도를 느끼니까요."

처음에는 관심을 가진다.

하지만 끊임없이 한 명을 깎아내리는 방송을 보면서 인간은 본능적으로 더러움을 피하고자 하게 된다.

결국 그 끝은 점점 더 자극적인 소재와 더 자극적인 편집으로 다가가고, 인간은 피하고자 하기에 결국 채널을 돌려 버린다.

"정작 길게 가는 프로그램들은 악마의 편집이 없지요."

순수한 재미 그 자체를 추구하니까.

"악마의 편집을 한다는 것 자체가 PD로서 재능이 없다는 걸 증명하는 셈입니다."

박상규의 말에 노형진은 고개를 끄덕거렸다.

옷도 진짜 유명한 브랜드는 심플하다.

가장 기본에 충실하며 그 기본에서 멋을 창조한다.

신흥 브랜드나 별 볼 일 없는 브랜드가 순간적인 화려함을 추구하는 것과는 반대로 말이다.

"그걸 해결해 달라는 말씀이시군요?"

"네, 어찌 되었건 동의서를 써 준 이상 우리 쪽이 항의할 수는 없거든요. 그런데 이런 일이 여기서 끝날 것 같지는 않습니다."

"흠……."

노형진은 턱을 문질렀다.

"내가 실수한 건가?"

"실수?"

"그래, 내가 엔터테인먼트조합을 만들 때, 어느 정도의 뇌물은 모른 척했거든."

한꺼번에 청소하는 게 힘들 걸 알기에 협회를 만들 때 모른 척했다.

협회에 속해 있다고 불이익이 오면 다들 나갈 테니까.

"그랬더니 터무니없는 일이 벌어지고 있네."

성 접대를 받지 못하니 아마도 금액을 터무니없이 올린 것이 분명했다.

이제 자발적 성 접대도 막아 놨으니 그 금액은 더 올라갈 테고.

"지금 그럼 레일이라는 가수는 뭐 하고 있습니까?"

"일단은 소속사에서 케어 해 주고 있습니다."

"한번 만나 봐야겠군요. 정식으로 의뢰를 받아들이기 위해서라도 말이지요."

"레일입니다."

어차피 소속사는 같은 건물 안에 있다.

돈이 없으니 공동 숙소를 쓰고 있고.

그러니 레일을 만나는 건 어렵지 않았다.

그런데 그렇게 만난 레일은 그다지 성격이 좋아 보이지는 않았다.

"변호사 노형진이라고 합니다."

"네, 안녕하세요."

왠지 건들거리는 자세로 말하는 레일.

노형진은 그런 레일을 보면서 씩 웃었다.

"뭐, 타입을 보니 알겠네요."

"뭘요?"

"단도직입적으로 말하죠. 악마의 편집에 희생된 거라고 들었는데, 제대로 한판 해 볼 겁니까?"

"네?"

노형진의 말에 레일은 순간 당황했다.

지금까지 대부분의 사람들은 이리저리 말을 돌렸다.

그런데 한판 해 보자니?

"아저씨, 변호사 맞아요?"

"레일아!"

소속사 사장이 찔끔하면서 그를 불렀다.

다른 사람도 아니고 노형진이다.

사실 생사여탈권을 쥐고 있는 사람한테 아저씨라니.

"죄송합니다. 이 애가 그 사건 이후에 더 삐딱하게 나가서……."

"아니요. 괜찮습니다. 랩을 한다는 사람이 예의 차리면서 고개 숙이면 그것도 이미지가 이상하니까요. 그리고 레일 군, 변호사 맞으니까 여기에 있는 겁니다."

이것이 법이다

"음."

레일은 잠깐 고민했다.

사실 강한 척은 하지만 세상 물정 모르는, 고작 열아홉 살 나이다.

그나마도 소속사 사장 안 만났으면 어디서 자장면 배달이나 하고 있었을지도 모른다.

"사장님, 이거 해야 해?"

"허! 야…… 당연히 해야지. 너 자꾸 내 심장 쫄깃하게 할래?"

"내가 뭐 아나? 쥐뿔 아는 게 있어야 뭐 법적 대리를 하라고 하든지 말든지 하라고 하지, 시……."

"야! 욕 쓰지 말라고! 아직도 못 고쳤나?"

"아…… 미안. 평생 하던 버릇이 어디 가나?"

"마지막 말은 팔이겠지요?"

"허? 이 미친 아저씨 보소?"

레일의 말에 사장은 거의 숨이 넘어갈 것 같은 표정이 되어 버렸다.

"레일아!"

"아, 괜찮아. 뭐, 잘못되면 나 짱깨나 배달하지, 뭐. 요즘 짱깨 배달비 많이 준대."

"내가 안 괜찮다!"

두 사람의 코믹 단막극을 보던 노형진은 사장을 진정시켰다.

"뭐, 상관없습니다. 원래 동의는 의미만 전달되면 되거든요."

"네? 아, 네……. 감사합니다, 감사합니다."

"감사할 건 없습니다. 문제는 지금부터니까요."

"네?"

"동의서 써 주셨죠?"

사장은 힘없이 고개를 끄덕거렸다.

편집 방향에 불만을 가지지 않겠다는 동의서.

그걸 써 준 이상, 그들이 아무리 노력해도 저항은 무리였다.

"죄송합니다."

"죄송할 건 없지요. 그 상황에서는 누구라도 동의서에 사인을 했을 겁니다."

자신을 알릴 수 있는 기회가 왔는데 구더기가 무섭다고 장을 안 담글 수는 없는 노릇.

"문제는 그걸 악용하는 자들이지요."

그걸 알면서 책임을 회피하고 이득을 챙기는 자들.

"뭐야, 아저씨도 별거 없네."

"레일아, 제발 좀! 입 좀 닥치고 있어라."

"사장님도 거친 말 하면서 무슨."

"아이고, 미치겠네."

사장은 통제가 안 된다는 듯 고개를 흔들었다.

'뭐, 입이 거칠기는 하지만 성격이 진짜 나쁜 건 아닌 모양이네.'

진짜 성격이 나쁜 사람이라면 아마 지금쯤 사장 멱살을 잡고 싸우고 있을 것이다.

"뭐, 방법이 없는 건 아냐."

"어떤 건데?"

"동의서는 방송국을 대상으로만 효과가 있거든."

"그건 알죠. 그래서 방법이 없는 거 아닙니까?"

"방법이 없는 게 아니지요. 다만 변칙적인 방법이 있을 뿐. 아, 그러고 보니 장도리? 그 애 소속 그룹이 어디야?"

"그룹?"

"아까 소속 그룹 띄우려고 나왔다며?"

"아, 그랬지. 블러드소울이라는 그룹이야."

"처음 들어 보는데?"

"넌 원래 걸 그룹 아니면 취급 안 하잖아. 비트박스의 신흥 그룹이야. 요즘 아주 핫 하지."

"핫 하다라……."

노형진은 턱을 스윽 문질렀다.

방법이 없는 것은 아니다.

하지만 그걸 하기 위해서는 한 사람의 희생이 필요하다.

"방법이 없는 겁니까?"

노형진이 곤란한 얼굴을 하자 옆에서 조용히 있던 박상규가 약간은 안타까운 얼굴로 바라보았다.

"참 애매한데요……."

노형진은 천천히 입을 열었다.

"이번 사건에서 중요한 논점은 두 가지입니다. 첫째, 레일이 당한 것에 대한 보복을 하거나 또는 그 보상을 받는 겁니다. 둘째, PD들이 편집권을 무기처럼 휘두르면서 한 사람의 인생을 망가트리는 것을 막는 거죠."

재미있게 하는 것은 상관없다.

하지만 한 사람을 파묻어 버리는 건 문제가 된다.

"더군다나 그게 진짜 선량한 사람이라면 말이지요."

"하긴……. 아마 연예인들의 면면을 보면 아마 더러워서 덕질 못 할 겁니다."

박상규는 고개를 끄덕거렸다.

그는 매니저 경험이 있기 때문에 그 내면을 잘 알고 있었다.

"진짜 뜬 녀석들 중에는 인성이 안 된 정도가 아니라 아예 저게 인간인가 하는 놈들도 있지요."

"압니다."

노형진은 왠지 씁쓸하게 웃었다.

알다 뿐이겠는가?

그가 무명 걸 그룹만 덕질하는 데에는 그런 이유가 있다.

최소한 무명일 때는 자기 성격대로 못 하니까 어떻게든 착한 척하지만, 뜨고 나서 변질되는 아이들도 많다.

그나마 입 다물고 있으면 티가 안 나는데 SNS가 발달하면서 거기에 손가락 잘못 놀려서 훅훅 날아가는 애들이 넘친다.

'퍼거슨의 의문의 1승이 그냥 생긴 말이 아니지.'

노형진은 그런 생각을 하며 속으로 쓴웃음을 삼켰다.

"일단 전자는 쉽습니다. 하지만 어머니의 희생이 필요합니다."

"우리 엄마요? 에이, 그건 아니지."

가볍게 말하는 레일이었지만, 그럴 수는 없다는 확고한 의지가 배어 나왔다.

"후자는 그 편집권을 이용하는 PD들에게 엿을 먹이는 건데……."

솔직히 이건 방법이 안 보인다.

아무리 법적으로 생각해도 편집권의 부분은 PD의 영역이니까, 출연자가 그에 대해 감 놔라 배 놔라 하는 것은 한계가 있다.

"후자는 나중에 해결하더라도, 전자라면 해결 가능하다고?"

손채림은 어리둥절했다.

"아니, 해결이 가능한데 왜 레일의 엄마가 등장해?"

"대상이 방송국이 아닐 테니까."

"뭐라고?"

"방송국에는 편집에 대해 군말하지 않겠다고 각서를 쓴 상황이야. 물론 이게 맞는 건지는 소송을 해 봐야겠지만, 현재로써는 한계가 있지. 하지만 같이 출연한 그 장도리인지 장망치인지 그놈과는 각서 같은 게 없지."

"아!"

손채림은 바로 알아들었다.

장도리와 레일 사이에는 아무런 약속도 없다.

사실 공중파에서 한 일은 그냥 조용하게 넘어가는 성향이 있지만, 그건 명백하게 현행법 위반이다.

"명예훼손이구나."

"그래."

명예훼손으로 장도리를 공격하면 자신들이 이길 수 있다.

이길 수는 있는데…….

"그러면 그걸 하면 되는 거 아닌가요?"

소속사 사장은 기대감을 안고 말했다.

"아까 말했다시피 그러면 어머니의 희생이 필요합니다."

"어째서요? 그 허위 사실 유포나…… 그런 거 있지 않나요?"

"일단 허위 사실 유포가 안 됩니다. 형법상 명예훼손은, 허위 사실 유포가 훨씬 처벌이 강합니다."

형법상 명예훼손은 307조다.

1항은 사실 적시 명예훼손으로 그 처벌이 2년 이하 징역이나 금고 500만 원 이하 벌금인 데 반해, 2항인 허위 사실 유포에 의한 명예훼손은 5년 이하 징역이나 10년 이하 자격정지 그리고 1천만 원 이하의 벌금이다.

"그 말은 우리가 허위 사실 유포에 의한 명예훼손으로 넣는다고 해도 저들은 사실을 까발릴 거라는 거죠."

"……."

즉, 어머니라는 존재가 드러난다는 뜻이다.

"그건 결코 좋은 게 아닙니다. 저들의 행동으로 보건대 아마도 가장 더러운 형태로 접근할 가능성이 높습니다. 최악의 경우 술집에서 촬영을 했을 수도 있지요."

그 말에 레일이 눈을 찌푸렸다.

"우리 엄마는 이미 그만뒀는데. 지금은 옷 가게 하는데요?"

"그래요? 그러면 촬영분은 없겠지만, 같이 일했던 사람의 증언 같은 건 촬영해 놨을 수도 있습니다."

'아니, 분명 그럴 거야.'

여차하면 하차시켜야 했을 테니까, 확실한 약점을 잡고 있으려고 했을 것이다.

"더럽다, 진짜."

손채림은 얼굴을 찌푸렸다.

설마 그 정도일 거라고는 생각도 못 했으니까.

"절대 안 돼요. 우리 엄마가 뭘 잘못했는데? 잘못한 사람이 있다면 일찍 뒈져 버린 우리 아빠라고. 그렇게 일찍 죽어 버리면 우리 엄마더러 뭘 어쩌라고……."

"레일, 진정해."

분노로 부들부들 떠는 레일을 진정시키는 소속사 사장.

"그거 말고는 방법이 없습니까?"

"글쎄요. 그거 말고는……."

그거 말고는 합의하는 수준인데, 비트박스라는 소속사에서 인정할 리 없다.

"기껏해야 방송위에 고발하는 수준입니다."

그리고 그 정도면 기껏해야 경고나 나올 테고.

"그리고 사실 현재 상태에서는 그건 아무런 의미가 없습니다."

"어째서요?"

"경고받은 프로그램이 한두 개가 아니니까요."

경고를 받아도 타격은 별로 없다.

경고가 무서운 이유는, 그 경고가 쌓이면 방송 출연 자격이 상실되기 때문이다.

"문제는 그런 적이 단 한 번도 없다는 거죠. 특히나 공중파는 말이지요."

방송에 대놓고 살인 장면이나 강간 장면이 나가도, 방송하다가 사람이 죽어도 그게 끝이었다.

경고가 나갈 뿐, 단 한 번도 방송 자격이 정지된 적은 없다.

"일단 경고가 들어가면 PD에게 다소 승진상의 불이익이 들어가기는 합니다만, 그게 끝이지요."

더군다나 그 PD가 소위 정치 쪽에 선이 닿아 있는 자라면 경고조차도 나오지 않는다.

"그리고 경고가 나온다고 해도 결국 레일의 억울함이 풀리는 건 아닙니다."

경고는 이제 그런 행동을 하지 말라는 거지, 했던 행동에 대해 보상하고 사과 방송을 하라는 게 아니다.

"결국 레일은 그냥 묻혀 버리겠지요."

"큭."

'회귀 전에 어땠는지 기억나면 좋겠지만.'

하지만 그때는 기억에 없다. 그때는 방송이나 연예계 쪽에 관심을 가질 때가 아니었으니까.

"일단은 다른 방법을 찾아보지요."

노형진으로서는 그게 최선이었다.

어머니는 강하다

"와, 이거 방송법 지랄맞네."

손채림은 이번 사건을 해결하기 위해 온갖 법전을 다 뒤졌다. 하지만 최고의 수준이 사과 방송 정도였다.

"지금까지 사과 방송이 이루어진 경우는 극도로 드물어. 설사 이루어진다고 해도 그에 관심을 가지는 사람은 없고."

노형진도 머리를 절레절레 흔들었다.

지금까지 사과 방송이 몇 번 있기는 했지만 그렇다고 해도 효과가 있었던 경우는 없었다.

"결국 이걸 표면으로 이끌어 내서 소송전으로 들어가야지."

"그런 걸 기자들이 좋아할 테니까."

"그건 그렇지."

그러면 사실이 널리 알려진다.

하지만 그만큼 레일의 어머니의 존재 역시 드러날 가능성이 커진다.

"음…… 그런다고 레일을 싫어하는 사람이 있을까? 그건 레일 잘못이 아니잖아."

"레일 잘못이 아니지. 하지만 어머니가 문제잖아. 그 공격이 레일에게만 향할 것 같아?"

"아……."

차라리 레일을 향하면 다행이다.

그는 연예인이고, 감수하고 하는 일이니까.

하지만 그 공격이 어머니를 향할 가능성이 크다.

아니, 100%다.

"너도 알겠지만 말이야, 이런 일이 벌어지면 선두에 서서 공격하는 사람들은…… 그 그룹 뭐라고 했지?"

"블러드소울."

"블러드…… 하여간 거기. 거기 팬클럽이 어마어마하게 공격해 댈 거야."

핫 한 그룹이면 당연히 그들이 공격을 해 댈 것이다.

노형진이 만든 공동 팬클럽 모임 소속이라면 통제라도 해 보겠는데 그런 것도 아니다.

비트박스는 조합 소속이 아니라서 팬클럽도 개별적으로 운영된다.

"하긴…… 가끔 극단적인 애들이 있지."

본 적도 없는 남자 배우와 열애설이 났다고 여자 배우의 집에 목이 잘린 고양이를 보내는 자들이 있을 만큼 극단적이고 공격적인 성향을 가진다.

그게 잘못된 집단의 힘이다.

"그렇다고 무조건 참으라고 할 수도 없고."

"그러니까."

두 사람이 고민하는 그때였다.

갑자기 직원 한 명이 당혹스러운 얼굴로 노형진의 사무실 문을 열었다.

"노 변호사님."

"무슨 일입니까?"

"손님이 오셨는데요."

"손님?"

노형진은 고개를 갸웃했다.

약속이 없었으니까.

"사건 때문인가요?"

"레일 어머니라고 하면 아신다는데요?"

"레일 어머니?"

손채림은 화들짝 놀랐다.

레일 어머니가 왜 여기서 나온단 말인가?

"어떻게 알고 오신 거지?"

"알고 오다니?"

"아니면 여기로 올 이유가 있어?"

올 이유가 없다.

손채림의 얼굴이 걱정으로 가득 찼다.

"영 안 좋은데……."

"그래, 영 안 좋아. 일단 들어오시라고 해요."

노형진의 말에 들어온 사람은 중년의 여성이었다.

상당히 관리를 잘한 듯 보이기는 하지만 삶에 지친 흔적은 감출 수 없는 그런 모습이었다.

"아…… 음…… 반갑습니다."

"안녕하세요."

"반갑습니다."

노형진과 손채림의 말에 조심스럽게 인사를 건네는 여성.

"레일 어머니입니다. 유숙자라고 불러 주시면 됩니다."

"아, 네…… 어머님. 그런데 여기는 어떤 일로……?"

"레일 문제 때문에 왔습니다. 저는 배우지 못한 사람이라 품위 있는 말은 잘 못합니다. 돌려 말하지도 못하고요. 단도 직입적으로 말씀드리겠습니다. 제가 드러나도 좋습니다. 하지만 제 아들은 그런 취급 당할 아이가 아닙니다."

"어떻게 아신 겁니까?"

예상대로였다.

그녀는 허락을 하기 위해 온 것이다.

그게 아니라면 이곳에 올 이유 자체가 없으니까.

"사장님을 괴롭혔지요."

"사장님이라니요?"

"저도 엄마입니다. 자식이 힘들어하는 걸 모를 리가요."

요 근래 아들이 고민이 많아 보였다.

그래서 물어봤지만 이야기를 해 주지 않았다.

아들 입장에서는, 부모를 그런 식으로 방송용으로 팔고 싶지 않았기 때문이다.

"그래서 제가 사장님을 찾아갔지요."

"끄응……."

사장도 처음에는 말을 하지 않으려고 했다고 한다.

사장 입장에서도 말할 수 없는 일이니까.

인의라는 게 있는데 말할 수는 없는 노릇.

"제가 계약 해지를 들고나오고 나서야 말씀해 주시더군요."

"쩝……."

어머니가 계약 해지를 요구하면 레일 입장에서는 어쩔 수 없이 계약을 해지해 달라고 할 수도 있는 일이다.

그러니 어쩔 수 없이 이야기한 모양.

"거참…… 모르셔도 되는 일인데."

"아들 일입니다. 더군다나 그런 일이 있었다면 더더욱 알아야지요."

자신 때문에 아들이 그런 모욕을 당하고 방송에서 찍혀서 전국적으로 나쁜 놈이 되어 버렸다.

어머니 입장에서 그걸 그냥 두고 볼 수는 없는 노릇이다.

"제가 욕먹어도 상관없습니다. 어차피 옛날 일입니다. 지금은 작은 가게를 하고 있으니까요."

"그래서 문제인 겁니다. 공격이 생각보다 심할 겁니다."

차라리 술집을 하고 있다면 직접적인 공격은 하지 못한다.

술집이라는 특성상 야밤에 하는 데가 많은 데다가, 아무래도 술집에서 난동이 일어나면 여러모로 일이 커지는 경우가 많으니까.

"하지만 지금 작은 옷 가게를 하신다고 들었습니다."

"네."

"여성을 대상으로 하는 옷 가게구요."

"맞습니다."

"그래서 안 된다는 겁니다."

술집은 남자 손님들이 있기 때문에 깽판을 치면 그들과 싸움이 날 가능성이 높다.

하지만 옷 가게에는 남자 손님이 없다.

그러면 경찰을 불러야 하는데, 경찰 입장에서야 술집에서 난 난동이 우선순위지 옷 가게의 진상이 우선순위가 아니다.

"옷 가게가 망하는 수준으로 끝나지는 않을 겁니다."

직접적인 공격도 벌어질 수 있다.

머리채를 잡는다든가 하는 식으로 말이다.

"설마요. 그 정도로…….."

"그 정도가 됩니다."

극단적인 팬클럽은 넘쳐 난다.

특히나 블러드소울같이 소위 핫 한 그룹의 경우라면 더더욱 극단적으로 감정을 표현한다.

"물론 그런 사람들은 일부겠지요. 문제는 그 일부입니다."

그 일부가 칼질하면 문제가 된다.

"물론 그런 일은 아주 드물 거예요."

손채림은 자신이 여자라서 그런지 좀 더 강하게 이야기했다.

"하지만 손님인 척하면서 옷에 칼질하고 가는 건 어쩌실 거예요? 아마 옷들이 모조리 난도질당할 텐데."

"그건……."

그렇다고 손님을 일대일로 감시할 수도 없는 노릇이다.

작은 칼 하나 가지고 와서 조그만 칼질만 하면 티도 안 나고 말이다.

하지만 그런 옷들은 팔 수도, 반품할 수도 없다.

"저도 여자지만 그런 여자들이 없다고는 말 못 해요. 어머님의 존재가 드러나면 그런 일이 벌어질 거예요."

"상관없습니다. 필요하면 가게를 접겠습니다. 아들 인생 가로막는 엄마가 되고 싶지는 않아요."

하지만 그녀는 이미 마음을 단단하게 먹고 온 듯, 확고하게 말했다.

"가는 대로 가게는 내놓도록 하겠습니다. 소송을 진행해 주세요."

"어머님!"

"제 결심은 확고합니다. 만일 변호사님이 안 해 주신다면 제가 기자회견이라도 하겠습니다."

"끄응……."

노형진은 머리를 부여잡았다.

아무래도 그녀는 마음을 바꿀 생각이 없는 모양이었다.

"알겠습니다."

"헉! 형진아!"

"하지만 제가 하는 방식대로 따라 주셔야 합니다."

"네?"

"방법이 없는 건 아닙니다."

있기는 했다. 여전히 그녀가 드러날 가능성도 존재했기 때문에 선택하지 않았을 뿐.

"드러나도 상관없다고 생각하신다면, 저는 최선을 다해서 실드를 치겠습니다."

"실드를 친다고요?"

"네, 연막작전이 있기는 합니다."

물론 그로 인한 피해 문제가 심각하기는 하겠지만.

'결국 그것도 방법의 일부지.'

"방법이 있었어?"

"신분을 밝히는 것을 가정하면 방법은 넘쳐."

"그럼 어머님의 피해 때문에 못 한 거야?"

"못 한 게 아니라 안 한 거야."

"그렇다면 더더욱 하겠습니다."

그녀는 결심을 한 듯 고개를 끄덕거렸다.

"좋습니다. 그러면 일단 가게는 내놓지 마세요."

"네? 하지만 공격해 올 거라고 하셨잖습니까?"

"공격을 해 올 거라는 것은 알고 있습니다. 그리고 그걸 감안해서 작전을 짜야지요."

노형진은 그렇게 말하고는 손채림을 바라보았다.

"넌 이제부터 사람을 찾아야 해."

"누구를 찾아?"

"유숙자 씨를 찾아 줘."

"으엥?"

당혹스러운 말에 손채림은 어리둥절할 수밖에 없었다.

⚖️

"동명이인이라……!"

손채림은 노형진의 계획에 탄성을 내질렀다.

"한 건물에 하나의 업소만 들어가라는 법은 없거든."

노형진은 레일의 어머니인 유숙자가 운영하는 가게의 주

소로 다른 가게를 냈다.

똑같은 옷 가게다.

거기에다 운영하는 사람도 똑같은 유숙자다.

다만 그녀는 동명이인이다.

명의만 빌려주는 셈.

"레일 어머니 유숙자가 여기서 가게를 운영한다는 소문이 나면 분명 공격하러 올 거야."

하지만 여기에 있는 옷들은 그 사람이 아니라 동명이인의 이름으로 구입한 옷들이다.

"소송을 하는 데 아무런 지장이 없지."

진짜 유숙자가 소송하는 거라면 더 극렬하게 공격하겠지만, 가짜 유숙자가 하는 거라면 동명이인이라고 억울하게 공격당한 셈이다.

"당연히 소문이 나면 사람들은 여기는 동명이인의 가게라고 생각하겠지."

그리고 그때 가짜가 빠지고 진짜가 운영한다면 문제 될 것이 없다.

"드러나지만 드러나지 않는다 이거구나."

"그래."

"그냥 소문 안 내면 안 되나?"

"그러면 좋겠지만 말이지."

노형진은 턱을 스윽 문질렀다.

"세상은 영 알 수가 없단 말이지."

인터넷이 발달할수록, 누군가를 추적하는 것은 어려운 일이 아니다.

자신들이 굳이 소문을 내지는 않겠지만, 누군가는 알아낼지도 모른다.

"결국 만일에 대비하는 수밖에 없어."

싸움은 지금부터 시작이니까.

⚖

약간의 트러블이 있기는 했지만, 레일은 도리에게 명예훼손으로 인한 손해배상 청구 소송을 진행했다.

물론 그건 뉴스를 타고 사방으로 퍼졌다.

하지만 노형진은 그것만 노린 게 아니었다.

사실 궁극적으로 하고자 한 것은 손해배상을 받는 게 아니라 실추된 명예를 회복하는 것이니까.

-우리는 이번 사건에 대해 좌시하지 않을 것입니다. 그 당시 장도리는 원고인 레일의 어머니에게 창녀라는 모욕을 주었고, 그로 인해 다툼이 발생하였음에도 불구하고 방송국은 해당 장면을 편집하여 일방적으로 레일이 공격한 듯한 모습으로…….

방송을 보던 비트박스의 사장 유기호는 신경질적으로 TV를 끄고는 직원들에게 시선을 돌렸다.

"이거 어쩔 겁니까? 저쪽에서는 같이 죽자고 덤비고 있는데."

"그게…… 이런 경우는 처음이라……."

"무고로 고소하는 것이……."

"김 이사, 바보예요? 저건 민사예요! 민사에 무고가 어디에 있어?"

"그럼 일단 우리도 맞고소하는 것이……."

"맞고소하면 어쩔 건데? 어? 지금 저쪽에서 요구하는 게 뭔지 몰라서 그래요?"

노형진은 법원을 통해 해당 촬영분, 그러니까 그 당시 촬영된 필름 전체를 요구하고 있다.

방송국에서는 일단 난색을 표하고 있지만, 문제는 이게 이슈가 되고 있다는 것.

"아니, 이런 거 예상 못 했어요?"

"보통…… 소송을 방송국에 걸지 다른 가수에게 거는 경우는 처음인지라……."

악마의 편집 문제가 터지면 방송국을 대상으로 소송을 거는 것이 보통이기에 상대방에게 소송을 거는 것은 처음 있는 일이다.

그러니 설마 자신들에게 문제가 생길 거라고는 생각도 못 했다.

"끄응…… 방송국에 문의해 봤어요, 그날 촬영분이 있는지?"

"네……."

짧은 대답이었지만 그 내용은 알 것 같았다.

있다.

창녀라고 놀리는 장면도 분명히 있을 것이다.

"계획은 이게 아니었는데."

사실 자신들이 막대한 자금을 지원해서 만든 프로그램이기는 하다.

그리고 자기들이 띄우려고 하던 도리는 안 뜨고 엉뚱하게 레일이라는 듣도 보도 못한 가수가 뜨기 시작하자 그를 묻어 버리려고 조작한 것도 사실이다.

그런데 일이 이 지경이 되다니.

"방송국에서 그걸 안 줄 수는 없겠지요?"

"사건 전반을 확인하는 가장 확실한 방법은 현장에서 찍은 카메라입니다. 그래서 법원도 해당 촬영본 전부를 달라고 하는 중입니다."

"안 준다면?"

"안 될 겁니다. 그 노형진이라는 변호사가 이미 증거 제출 소송을 청구했습니다."

"뭐요? 그건 또 뭐야? 아니, 그런 이야기를 왜 안 하는 건데! 다들 미쳤어? 어? 감 떨어진 거야?"

소송에 들어가면 방송국은 그걸 안 줄 수가 없다.

하나 그렇다고 없앨 수도 없다.

증거인멸이 될 수도 있으니까.

애초에 화재라도 나지 않는 이상 그 촬영분만 사라진다는 건 불가능하다.

"미치겠네."

만일 도리가 상대방 어머니한테 창녀라고 하는 게 바깥으로 나가면?

블러드소울은 끝장난다.

세상에서 처음 보는 사람의 부모한테 창녀라고 욕하는 사람을 좋아해 주는 사람은 없다.

"어떻게 해서든 막아 봐요. 최대한 시간을 끌고……."

"그게, 우리 사건만이면 모르겠는데……."

하지만 노형진이 이미 방송국을 대상으로 해당 증거 제출을 요구하는 소송을 제기한 상황이라 버티는 것도 이미지가 안 좋다.

"거기에다 방송국에서 버틸수록 사람들 시선이 이상해지고 있습니다."

"끄응……."

소장의 내용에는 방송사가 악마의 편집을 한 것도 들어 있다.

당연히 그것도 뉴스로 나갔고 말이다.

"이상한 게 없으면 이미 주는 게 정상일 테니까요."

"일단 버텨요. 방송국이랑 기자들한테 이야기하고, 최대한 실드 쳐. 무슨 일이 있어도 해당 촬영분이 나가면 안 돼!"

그러면 자신들이 상대방에 대한 뒷조사를 한 것이 드러날 것이다.

그리고 레일을 묻어 버리기 위해 방송국과 함께 방송을 조작한 것도 말이다.

"염병, 뭐 이런 경우가 다 있는지."

일단은 입 다물고 있다가 시간이 지난 후에 조용히 처리하는 것 말고는 방법이 없기에, 유기호는 이만 박박 갈 수밖에 없었다.

'그래, 시간을 끄는 전략은 언제나 먹혔어.'

몇 달만 지나면 사람들은 이 모든 것에 더 이상 관심도 가지지 않을 테고, 그때는 재판에서 조용히 무마하면 될 것이다.

그는 그렇게 생각했다.

그러나 그는 자신이 적으로 만든 사람이 누군지 꿈에도 생각하지 못했다.

⚖️

"오랜만에 와서 한다는 말이 고작 그거냐?"

"안당 마님도 이런 일은 별로 안 좋아하시지 않습니까?"

노형진은 실실 웃으면서 눈앞에 있는 사람을 바라보았다.

안당 마님.

    화류계의 거목이자 사실상 어둠의 세계를 지배하는 사람 중 한 명.

    "그래서 나보고 고용 비리를 저질러 달라?"

    "잠깐이면 됩니다. 잠깐이면."

    "이런 고얀 놈. 우리가 사기꾼인 줄 알아?"

    "사기는 아닙니다. 사기는 저쪽을 속이는 행위구요. 이 경우는 사기가 아니라 자기 보호입니다."

    "어허, 이놈이 안 본 사이에 더 뺀질거리게 변했네."

    안당 마님은 물고 있던 곰방대를 탁 털어 냈다.

    그걸 보면서 노형진은 실실 웃었다.

    '그래도 살아 계시니 좋네.'

    원래 그녀는 반대 파에 의해 살해당했다.

    하지만 노형진이 도와준 덕분에 도리어 그들을 축출하고 자신의 자리를 확고히 했다.

    "고얀 놈."

    "너무 미워하지 마세요. 저희 사무실에서 변호사도 빼앗아 가셔 놓고선."

    원래 새론에 있던 손예은 변호사는 안당의 일을 도와준 후에 어쩌다 보니 아예 그녀를 도와서 이쪽으로 넘어왔다.

    그녀는 안당과 함께 기생 문화에 대한 새로운 개념을 정립해서 접근하는 중이었다.

    "너는 안 온다며?"

"그래도 우리 변호사를 빼 가시면 저희가 곤란하지요."

"망할 놈. 그럼 네가 관리를 하든가."

"저도 일이 많아서 안 됩니다."

히죽 웃으면서 말하는 노형진.

사실 그녀가 손예은 변호사를 빼 간 것은 다 이유가 있었다. 자신이 죽고 나서도 그 힘을 이어받아 화류계 여성을 보호해 줄 사람이 필요했기 때문이다.

하지만 업계의 특성상 믿을 만한 사람이 그다지 많지 않은데다가, 그나마 머리 좀 좋은 자들은 안당을 무너트리려다가 노형진의 역습에 도리어 자신들이 날아가 버렸다.

"손예은 변호사가 잘할 겁니다."

그녀는 차가운 성격이기는 하지만 마음이 약하다.

물론 편견이 좀 있긴 하지만, 할 때는 하는 성격이라 금세 고쳐 나갈 것이다.

게다가 법률적 지식이 있으니까 자리를 이어받기에는 최적이었다.

"망할 놈."

"그렇게 저주하지 않으셔도 저 돈 안 벌립니다만."

"이놈의 자식아, 내가 모를 것 같아?"

곰방대를 채우던 안당 마님은 힐끗 노형진을 보더니 다시 담배를 쭈욱 당기고는 깊은 한숨을 내쉬었다.

"한 건만 해결해 주면 내 도와주지."

"너무한데요?"

"누가 공짜로 해 달라고 하더냐? 이놈의 새끼는 얼굴 보기도 힘들어요."

의뢰를 맡기려면 새론으로 가야 하는데 새론은 사건이 빵빵이다.

물론 노형진에게 개인적으로 맡기고 싶지만 노형진은 사건이 언제나 넘친다.

"공짜는 없어. 너도 알 텐데?"

"쩝."

노형진은 입맛을 다셨다.

그녀의 말이 맞다.

'하긴, 가끔 도움을 청하려면 빚을 지워 두는 것이 좋기는 하지.'

노형진은 고개를 끄덕거렸다.

"한 건입니다."

"넌 더럽게 비싸서 많이 맡기지도 않아."

"돈 많으니까 비싸게 부르지, 가난한 사람한테는 안 그럽니다."

"하여간 꼴에 변호사라고 한마디를 지려고 하질 않는다니까."

길게 담배를 당겼다가 내뿜은 안당은 자세를 바로 했다.

"그러면 그 사람보고 나오라고 하면 되냐?"

"진짜로 고용해 달라는 건 아닙니다. 거기서 일하는 걸로 꾸며 달라는 거죠."

"그 나이대 여자가 술집에서 일하는 경우는 드문데?"

"주방 같은 데 있지 않습니까?"

"가게에다가 손써 놨다면서?"

"써 놨습니다. 하지만 적이 팬들만 있는 건 아니거든요."

"그 망할 놈의 비트박스인지 비트코인인지 하는 놈들?"

"비트코인도 아세요?"

"내가 담배 꼬나문 뒷방 늙은이인 줄 아냐?"

"뭐, 담배 무신 건 맞네요."

물론 뒷방 늙은이는 아니다.

그녀가 이 자리에 올라올 수 있었던 가장 큰 이유.

그건 정보에 대한 남다른 관점 덕이었다.

술집에서 나오는 온갖 잡소리를 다른 사람들은 잡소리로 받아들인 반면 그녀는 정보로 받아들였고, 그게 지금의 그녀를 만들었다.

그래서 그녀는 지금도 열심히 공부를 하는 편이다.

"일단 근무자 명단에 살짝 올려 두면 문제는 안 생길 겁니다. 그리고 그녀가 최소한 안당 마님 보호하에 있다는 증거가 될 테지요."

그리고 한국에서 최소한 안당을 적대하면서 그녀를 건드릴 사람은 없다.

"거기에다 그녀는 한때 이쪽 사람이었으니까요."

"머리 좋은 놈이 그 좋은 머리를 왜 변호사질에 쓰고 있는 지, 쯧쯧."

"잘못된 말씀 같습니다만?"

이런저런 대화를 하는 그때였다.

똑똑 문을 두들기는 소리가 뒤쪽에서 들려왔다.

"무슨 일인가?"

"어르신께서 말씀하신 것 가지고 왔습니다."

"그래? 가지고 와 봐."

그러자 문이 열리고 어떤 남자가 들어오더니 작은 USB를 건넸다. 그걸 받아 든 안당은 확인도 안 하고 노형진에게 툭 던져 줬다.

"옜다."

"이건 뭡니까?"

"일 맡기는 선불금이다."

"선불금?"

"가 보면 알 거다. 그리고 가게는 강북에 마침 오픈 준비하는 게 있으니 며칠 내로 명의 올려 주마."

"감사합니다."

"감사는 무슨. 내가 너는 꼭 악착같이 부려 먹고 만다."

노형진은 씩 웃으며 말했다.

"돈만 주신다면야, 후후후."

"허, 선불금치고는 이거 너무 비싼데? 도대체 뭔 일을 맡기시려고."

그녀가 건넨 것은 어떤 술집의 영상이었다.

물론 술집을 하는 사람이니만큼 그런 술집 영상은 있을 수 있다.

하지만 신의성실의원칙 문제가 있어서 어지간하면 안 뿌린다.

하지만 이건 뿌려도 상관없는 모양이다.

하긴, 상상을 초월하는 영상이었으니까.

"와…… 완전…… 도리를 다해? 어이가 없네."

손채림은 그걸 보면서 어이가 없다는 듯 중얼거렸다.

"이 녀석들, 호스트였어?"

호스트.

방송에서 말하는 호스트가 아니다.

호스트바라고 하는 여성 전용 룸살롱을 말하는 것이다.

그 안에 있는 것은 누가 봐도 도리였다.

심지어 도리와 같은 그룹의 두 명이 더 있었다.

"이거 기가 막힌데? 차라리 룸살롱에서 여자 끼고 노는 거면 그러려니 하겠는데……."

"도리어 그런 거면 절대 안 줄걸."

그 여자들에게 피해가 가니까.

하지만 이 호스트 영상은 달랐다.

교묘하게 편집되어서, 술집이라는 사실과 그들만 등장하니까.

"가게 이름 찾아보니까 이 가게는 이미 사라졌는데?"

그러니까 거리낌 없이 영상을 줄 수 있었을 테고.

"안당 마님이 보통 이런 걸 주는 사람이야? 이쪽으로는 예민한 분 아니야?"

"그래서 준 것 같은데."

"뭐?"

"결국 이 녀석도 화류계에 있었던 거잖아. 그런데 그랬던 놈이 먼저 다른 사람의 어머니를 창녀라고 욕했어. 이건 어떻게 보면 저쪽에서 먼저 이쪽에 칼 꽂은 거거든."

"아하!"

"그리고 안당 마님이 다른 건 몰라도 배신은 용서 안 하시잖아."

살면서 몇 번이나 배신당했고, 노형진이 아니었다면 그 배신 때문에 죽을 뻔했다.

그러니 용납을 못 하리라.

"그리고 제일 용서 안 되는 게, 화류계 사람들을 무시하거나 이용해 먹는 거겠지."

"맞아. 그런데 그 도리인지 뭔지 하는 놈들은 안당 마님이 가장 싫어하는 두 개를 동시에 한 거고."

"그래서 준 거야?"

"아마도 그럴 거야."

노형진은 혀를 끌끌 찼다.

찾아간다고 이야기하기는 했지만 본론은 현장에서 꺼냈다. 그런데 중간에 이 파일을 복사해 왔다는 건…….

'노리고 있었네.'

안당 역시 그들을 노리고 있었다는 뜻이리라.

그렇지 않다면 이미 사라져 버린 가게의 영상이 갑자기 '짠' 하고 나타날 리 없다.

'이거 오래는 못 갈 놈들이었네.'

노형진은 혀를 끌끌 찼다.

물론 무명들은 돈이 없으니 이런 일을 한다고 해도 어느 정도 이해가 간다. 하지만 그렇다고 해도, 그런 과거가 있는 놈이 더 욕을 하다니.

'아니, 당연한 건가?'

자신의 과거를 부정하고자 하는 사람들이 더욱더 극렬하게 변하니까.

"이거 어쩔 거야? 뿌릴 거야?"

"아니."

"응? 어째서?"

"나중은 몰라도 지금은 아니야. 우리의 목표는 그들의 몰락이 아니라 레일의 재기라고. 이건 도리어 역효과야."

"어째서?"

"묻혀 버릴 테니까."

이게 터지면 모든 이슈가 이것에 묻혀 버릴 것이다.

그러니 레일의 억울함은 표면에 떠오르지 않는다.

"터트리더라도, 나중에 터트리는 게 최선이야."

"으음."

물론 그들이 충분한 사과를 한다면 굳이 터트릴 생각은 없었다.

'그건 나중에 가서 판단할 일이지.'

노형진은 머리를 흔들며 머릿속을 정리했다.

"일단 이건 우리가 가지고……."

막 다음 이야기를 시작할 때였다.

갑자기 문이 열리면서 직원이 다급하게 들어왔다.

"노 변호사님!"

"무슨 일입니까? 뭐 급한 일이라도 벌어졌습니까?"

"가게가…… 가게가 습격당했답니다!"

"가게요?"

"네! 지금 거기를 지키고 있던 정보 팀에서 연락이 왔는데, 가게가 습격당했답니다!"

두 사람은 벌떡 일어났다.

"결국……."

노형진이 걱정하던 최악의 사태가 벌어진 것이다.

"이럴 수가……."

가게는 말 그대로 초토화되어 있었다.

옷은 찢어지고 행거는 바닥에 내팽개쳐져 있었으며, 집기는 난장판이었다.

"어떻게 된 겁니까?"

노형진은 직원으로 분장하고 있던 여직원에게 물었다.

그녀는 사태가 터지자마자 잽싸게 뒷문으로 나가서 다치거나 하지는 않았다.

"갑자기 몰려왔습니다."

일을 하고 있는데 이십여 명쯤 되는 여자들이 갑자기 몰려들어 왔다.

그러더니 미처 말릴 틈도 없이 사방에 계란을 던지고 옷을 찢어 버리기 시작했다는 것.

미리 준비한 종이를 뿌리면서 집기를 부수던 그들은 10분쯤 지나자 잽싸게 도망갔다고 한다.

"스무 명이라고요?"

"네."

노형진은 눈을 찌푸리면서 주변을 둘러봤다.

아마도 뭉쳐서 들어가자고 약속을 한 모양이었다.

그게 아니라면 그 숫자는 말이 안 된다.

"다른 피해는 없습니까?"

"네."

"경찰은 불렀고요?"

"네, 부르기는 했습니다만, 말씀하신 대로 시간을 좀 두고 불렀습니다."

"잘했습니다."

마지막으로 시간을 확인하는 사이, 손채림이 그들이 뿌리고 간 종이를 들고 왔다.

"더러운 창녀의 가게라……."

종이에 프린트되어 있는 글자를 보면서 노형진은 씁쓸하게 말했다.

"도대체 어디서 모인 거야?"

"모르지. 우리가 모든 팬클럽을 다 확인할 수는 없으니까."

비트박스는 공식 팬클럽을 운영하지 않는다.

그래서 관련 팬클럽만 해도 수십 개는 되는 데다가, 다른 곳에서 만들어지는 단체까지 합하면 수백 곳의 관련 집단이 있다.

그런 만큼 모든 곳을 자신들이 감시할 수는 없다.

"어쩔 수 없어. 이런 극렬한 사람들이 모이는 곳은 승급 심사 자체도 까다로우니까, 가입했다고 해도 우리 쪽에서 확인하지 못하는 글일 수도 있지."

"끄응……."

"일단 우리 목적은 이뤘으니까."

노형진은 히죽 웃었다.

"목적이라……."

손채림은 고개를 힐끔 돌려서 절묘하게 감춰진 카메라를 바라보았다.

대놓고 촬영하면 저들이 움직이지 않을 것에 대비해서, 최대한 드러나지 않게 카메라들을 설치해 놨다.

"이제 이걸로 소송을 하면 될 거야."

노형진은 씩 웃으며 손채림이 가지고 온 종이를 구겨서 쓰레기통에 던져 넣었다.

"이제 우리가 움직이자고, 후후후."

⚖

노형진이 움직인 것은 이틀 뒤였다.

바로 움직이면 혹시나 의심할까 봐서였다.

가짜를 이용해서 속이기 위한 작전인 만큼, 주변 사람들에게 도움을 청하는 것이 최우선이었다.

"그러니까 유 사장은 동명이인이었던 거예요?"

"네, 유 사장님은 그로 인한 충격으로 앓아누웠습니다."

"아이고, 어쩐지. 그 망할 놈들."

드러난다고 하지만 얼굴은 드러나지 않는다.

애초에 방송에 나가서 울고불고할 생각도 없었지만, 그 덕에 동명이인이라고 해도 의심하는 사람은 없었다.

더군다나 동네 사람의 주민등록번호를 아는 사람은 없었기에, 동명이인으로 발급된 해당 가게의 사업자 증명서만으로도 충분히 설명되었다.

"전혀 엉뚱한 분을 습격해서 테러를 했기 때문에 저희가 이번에 대리하게 되었습니다. 그 당시 습격을 한 사람들을 경찰에 신고하고 법에 따른 처벌을 받게 할 생각입니다."

"당연히 그래야지! 아이고, 유 사장 얼마나 억울할까? 옷 많이 상했을 텐데."

"피해액이 5천 정도 됩니다."

"아이고, 이 망할 놈들 같으니라고."

동네 사람들은 동명이인이라는 이유로 습격당한 유숙자의 상황에 안타까움을 금치 못했다.

같은 곳에서 장사하는 사이인 데다가 서로 모르는 사이도 아니다.

그렇다 보니 동질감이 느껴져서 너무 안타까운 눈치였다.

"그래서 그러는데, 그들을 잡고자 합니다. 혹시나 그 당시 CCTV가 있을까요?"

"그거야 경찰서에 있겠지."

"그건 도로변의 영상입니다. 하지만 그들이 모여서 움직인 거라면 혹시나 다른 영상이 찍혀 있을 수도 있습니다."

"아, 그래요? 어디 보자…….'"

처음은 편의점이었다.

편의점의 영상에는 그 습격을 한 사람들의 모습이 찍혀 있었다.

"빙고."

그들은 습격을 할 때는 나름 용의주도하게 얼굴을 가렸다.

하지만 근처 편의점에서 물건을 살 때는 편안하게 얼굴을 드러냈다.

"이거 복사해 주실 수 있나요?"

"그럼."

편의점뿐만 아니라, 동네 주민들은 혹시나 같은 일이 벌어질까 두려워 너도나도 촬영된 영상을 복사해 줬다.

노형진은 그 자료들을 바탕으로 사람들을 분류했다.

그 결과 습격을 한 스무 명 중 열여덟 명의 신분이 드러났다.

"와, 난 솔직히 얼굴을 가리고 들어왔으니 이걸 뭔 수로 잡나 그랬거든?"

손채림은 쭉 나열된 사람들의 얼굴을 보고 혀를 차며 말했다.

"그런데 주변을 털었더니 다 나오네."

"길바닥에서 얼굴을 가리고 다니면 이상하잖아. 그리고 결국 이런 건 신분이 밝혀질 기회가 많거든."

편의점에 가든 커피숍에 들르든, 결국 그들은 얼굴이 드러날 수밖에 없었다.

더군다나 그중에는 현금이 아닌 카드를 사용한 사람들도 있었으니 더더욱 쉽게 신분이 드러날 수밖에 없다.

"이 정도로 신분이 드러날 거라고는 생각도 못 했겠지."

"멍청한 건가?"

"집단 지성이 다 똑똑할 거라 생각하지 마. 다수결의원칙이 멍청한 선택을 하는 것은 역사적으로 흔한 일이라고. 대표적인 게 히틀러지."

"하긴."

손채림은 고개를 끄덕거렸다.

다수결이 언제나 올바른 건 아니다.

습격 자체도 다수결로 이루어진 선택일 것이다.

하지만 이미 극단적인 놈들이 모여 있는 집단이니 그게 다수결의원칙이 될 수는 없다.

"과연 이걸 보고 국민들이 뭐라고 할까?"

노형진은 씩 웃으며 말했다.

빠가 까를 만든다

    -이번 사건은 레일의 어머니와 동명이인이 운영하던 가게를 블러드소울의 팬클럽이 습격한 것으로, 해당 가게는 전혀 상관없는 동명이인의 가게였던 것으로 드러나……

    -특정 팬클럽 집단이 자신에 반한다는 이유로 전혀 상관없는 사람에게 집단 테러를 가한 것으로……

    뉴스에서는 오랜만에 재미있는 사건을 물었다고 신나게 물어뜯었다. 안 그래도 가끔 벌어지는 극렬 팬클럽의 행동 때문에 말이 많았는데, 단순 위협도 아니고 전혀 엉뚱한 제삼자에 대한 팬클럽의 테러는 방송을 타기에 아주 좋은 내용이었다.

    "이야, 댓글 웃기네."

노형진은 댓글을 보면서 실실 웃었다.

―허, 제삼자인데 동명이라고 습격받아?
―와, 미친! 당사자라고 해도 습격하는 건 아니지.
―여기 팬클럽 미친 거 아닌가요?
―우리 오빠들은 이런 거 안 시키거든요!
―누가 시켰냐? 너희가 했지.
―이 애들 그럴 줄 알았지, 크크크. 팬클럽에 들어가 보니 아주 댓글 가관이더만. 당장이라도 사람 죽일 기세던데? 아, 참고로 나 여자.
―저 탈덕합니다. 같은 취급 할까 무섭네요.

인터넷에는 블러드소울에 대한 안 좋은 글이 가득 차 있었다.
물론 일부가 어떻게 해서든 실드를 치려고 했지만, 마음에 안 든다는 이유로 습격한다는 것 자체가 용납될 만한 일이 아니었기 때문에 대부분 그냥 팬클럽의 의미 없는 발악으로 끝났다.
"이게 어떻게 된 거야?"
"어떻게 된 거긴. 그 유명한 명언이 현실이 된 거지."
"유명한 명언?"
"빠가 까를 양산한다."
"아하!"
여기서 '빠'란 어떤 사람을 극렬하게 좋아하는 사람을 뜻한다.
물론 남을 좋아하는 게 나쁜 건 아니다.

덕질이라는 것은 그런 거니까.

문제는 그 감정 때문에 빠가 사회에 피해를 주게 되면, 그 빠에 대한 증오가 자연스럽게 빠가 좋아하는 대상에게로 흘러가 대상의 이미지를 망치고 대상을 싫어하는 사람을 만들게 된다는 거다.

그게 바로 '까'다.

가령 어떤 가수의 '빠'인 사람이 지금처럼 습격을 하게 되면, 그 가수가 습격하라고 시킨 게 아니라고 할지라도 그 가수의 이미지는 망가지게 된다.

"그들은 자기 감정을 통제하지 못하고 보복한 것이겠지만, 그렇다고 해서 그들의 행동이 용납되는 건 아니니까. 거기에다 제삼자라는 말이 아무래도 위협으로 다가오지."

"제삼자라는 게? 어째서?"

"너도 나도, 결국은 제삼자거든."

"응? 아아, 무슨 소리인지 알겠다. 전혀 엉뚱한 사람이 당했으니 우리도 당할 수 있다는 소리구나."

"그래, 묻지 마 살인이 가장 두려운 것인 까닭과 마찬가지야."

자신이 아무리 조심하고 관련이 없어도, 그냥 우연히 이름이 같다는 이유로 습격당한 것이다.

"물론 그 현장에서 찢어진 옷들이 좀 아깝기는 하지만."

경찰은 해당 현장에 대해 조사를 하고 있다.

사진과 일부 카드 번호까지 확보된 상황인 만큼 못 잡을

리는 없다.

"일단 형사가 끝나면 그에 따른 손해배상 청구를 진행할 거야. 그리고 자연스럽게 레일의 어머니의 과거는 세탁되는 거지."

최소한 그 자리에서 장사를 하는 사람은 과거에 화류계에 있던 사람이 아닌, 그저 옷 장사를 하던 제삼자라는 이미지가 생길 것이다. 그러면 그곳에서 다시 장사를 시작하거나 옮겨 간다고 해도 문제 될 것이 없다.

"너 진짜 머리 좋다."

"보통이지 뭐, 후후후. 그 애들도 고생 좀 하겠지만, 그래도 정신 좀 차리겠지."

피해액이 5천만 원 정도이기는 하지만 가해자가 스무 명이다. 한 명당 250만 원 정도의 배상금이다.

"돈 제대로 내고 인생 좀 배우길 바라야지."

"수업료가 너무 비싼데."

킬킬거리면서 웃는 손채림.

"아직 안 끝났어."

"안 끝나다니?"

"어디 보자."

노형진은 느긋하게 키보드를 두드리기 시작했다.

－내가 레일 아는데, 그 애 엄마 강북에 있는 술집에서 일하는데?

한 줄 써 둔 노형진은 씩 웃었다.

"야! 뭐 하는 거야? 드러내지 않는다며?"

"드러내지는 않아. 하지만 떡밥은 던지는 거지."

"어째서?"

"저들이 움직이지 못하는 걸 아니까."

노형진은 실실 웃으며 말했다.

"그리고 그것도 욕먹을 일이거든, 후후후."

레일의 엄마가 강북의 술집에서 일한다.

그 소문은 엄청나게 빨리 퍼졌다. 노형진이 자신뿐만 아니라 여러 사람들에게 같은 내용을 쓰게 만들었기 때문이다.

그리고 인터넷의 수많은 '네티즌 수사관'은 그 술집이 어딘지 찾아냈다.

새로 연 술집이었다.

그건 문제가 안 된다. 오히려 자연스럽게 광고도 되고 좋았다. 한 가지만 빼고.

―우리 근무자 중에 한 명이 유숙자 씨인 것을 부정하지는 않습니다. 우연히 인연이 되어 함께 일하게 되었습니다. 유숙자 씨는 이번에 레일 사태로 인해 피해를 입은 동명의 피해자에게 참으로 미안한

감정을 가지고 있으며, 저희는 그런 그녀와 동료로서 강한 동질감을 가지고 있습니다. 이에 저희는 그 피해의 일부나마 복구하고 소송비를 지원할 예정입니다. 또한 유숙자 씨에게 인터넷에서 계속해서 모욕적 언사가 진행되고 있는 바, 해당 증거를 모두 수집하여 명예훼손으로 고발하도록 하겠습니다.

술집에서 무려 천만 원이나 되는 돈을 피해 보상 및 변호사 비용으로 지원하겠다고 발표했다.

물론 진짜 유숙자는 드러나지 않았지만, 그렇다고 해도 유숙자가 거기서 일한다는 것은 빼도 박도 못할 사실이 되어 버렸다.

그리고 상황은 노형진이 바라는 대로 돌아가기 시작했다.

-뭐? 옷 가게 한다며?

-역시 개티즌 수사대. 이름만 같으면 일단 습격하는 거 보소.

-씨바, 우리 엄마도 동명이인인데 습격당할까 봐 무서워요, 덜덜덜.

-떡볶이집 합니다. 가게 엄마 이름으로 내서 동명이인입니다. 습격하지 말아 주세요.

-아, 진짜. 미친놈들 때문에 우리 오빠들 이미지 완전 망했네.

팬클럽은 졸지에 비꼼의 대상이 되어 버렸다.
전혀 엉뚱한 사람을 습격한 꼴이 되어 버렸으니까.

거기에다 술집이 나서서 인정하면서 피해 보상금을 우선 지급하자, 레일의 이미지는 올라가고 블러드소울과 장도리의 이미지는 시궁창으로 처박히기 시작했다.

그리고 최고 추천 댓글은 누가 봐도 이거였다.

－습격하셨던 용감한 용자분들은 다 어디 가셨나? 당사자가 나서서 나 여기에 있다 하는데? 불쌍한 동네 아줌마가 하는 작은 옷 가게 습격해서 박살 낼 자신은 있어도, 대형 술집은 습격할 자신이 없나 봐? 약자는 만만하고 강자한테는 입 닥치는 거 봐라. 더럽다. 진짜.

사람들은 너무나도 공감을 했다.

인터넷에서 창녀라고 말하던 사람들은 어느 순간 사라졌다.

물론 일부 그런 사람들이 없는 건 아니지만, 그 글은 올라오기 무섭게 블라인드 처리되었다.

블라인드 처리되었다는 것은 한 가지를 뜻한다.

캡처되어서 고소되었다는 뜻이다.

"그리고 이로써 유숙자 씨의 과거는 완벽하게 조작되었지."

노형진은 느긋하게 웃으며 말했다.

"그러네. 이건…… 부정할 수 없게 되었네."

과거에 화류계에 있었다는 사실을 이제 와서 부정할 수는 없다. 드러난 것이 있으니까.

하지만 노형진의 몇 가지 작전 덕분에, 그녀는 화류계에서 일하기는 하였으나 주방에서 밥하는 식모로 일했다는 식으로 커버되기 시작했다.

"아무래도 레일이나 어머니를 위해서라도 진실은 사라지는 게 맞겠지."

자신들이 편견이 없다고 해도, 세상에는 편견을 가진 사람들이 가득하다. 여기서 인정한다고 해서 그들이 편견을 깨고 레일과 유숙자를 좋게 볼 가능성은 없다.

도리어 구설수에 계속 끌려갈 것이다.

"하려면 깔끔하게 해야지."

"너 같은 변호사는 어디에도 없을 거야."

"그게 문제다."

노형진처럼 피해자의 미래까지 생각하는 변호사가 있어야하는데, 대부분의 변호사는 지금만 이기면 상관없다는 식으로 나온다. 아마도 다른 변호사였다면 일단 모조리 까발리는 식으로 나오면서 명예훼손으로 몰아갔을 것이다.

'그리고 이기기야 하겠지.'

하지만 레일의 집안은 풍비박산 났을 것이다.

"일단 레일 어머니의 과거는 정리된 거나 마찬가지야."

누군가 그녀를 알지도 모른다. 하지만 그런 사람들은 레일이 누군지 모르니까 결국 접점을 찾지 못할 것이다.

"자, 그러면 우리도 슬슬 소문을 내자고. 이쪽이 깨끗하게 정리되었으니까 말이야. 과연 비트박스 쪽이 어떤 식으로 반응을 할지 보자고."

그들의 반응에 따라 이제 상황이 바뀔 것이다.

⚖️

"이게 무슨……."

유기호는 너무 당황스러워서 말문이 턱 막혔다.

단순히 장도리의 일일 거라 생각했던 명예훼손 문제였다.

그런데 그 일이 커지고 커지더니, 순식간에 블러드소울을 집어삼켰다.

"이미지가 얼마나 안 좋아진 겁니까?"

"……."

"말해 봐요, 김 이사. 알아야 대책을 세우지."

"그게……."

"말해 보라니까요."

"팬클럽이 활동하지 못할 정도입니다."

일부 극렬 팬이 저지른 일 때문에 블러드소울의 팬클럽은 순식간에 개념 없는 팬클럽이 되고 말았다.

물론 대부분의 정상적인 팬들은 그에 대해 공분했지만.

"통제되지 않는 일부 극렬 팬들이 자꾸 도발하고 있어서……."

빠가 까를 만든다는 말이 계속 존재하는 이유 중 하나가 바로 그런 극렬 팬들의 행동 때문이다.

좀 잠자코 있어야 하는 시점인데, 극렬 빠들인 팬들은 실드를 치기 위해 계속 변명하기 때문이다.

　　그러다 보니 잠잠해질 만한 일이 계속 위로 나온다.

　　"이게 무슨…… 이미지가 어쩌다……. 애초에 우리가 큰돈 들여서 그 프로그램에 투자한 이유가 뭔데요? 블러드소울을 키우려는 거 아니었습니까? 그런데 일이 어떻게 이렇게 되는 겁니까?"

　　"죄송합니다."

　　김 이사는 고개를 푹 숙였다.

　　그런데 듣고 있던 누군가가 어이없는 소리를 했다.

　　"그건 상관없는 거 아닌가요?"

　　"뭐?"

　　"아니, 그렇잖아요, 매형. 어차피 우리 물건을 사는 건 팬들인데. 그러니까 피해는 없는 거 아닌가?"

　　어이가 없어서 머리를 절레절레 흔드는 유기호.

　　그 소리를 들은 직원들은 속으로 한숨을 내쉬었다.

　　'대표님 처남만 아니었으면 진짜.'

　　'최소한 상식을 가지고 일을 해야지.'

　　'여기도 끝났군. 다른 곳을 알아봐야 하나.'

　　그들이 이렇게 한숨을 쉬는 이유가 있다.

　　여기서 말하는 상품, 즉 음반과 몇몇 팬클럽 상품들의 매출에는 사실 큰 영향이 없다.

그러나 큰 매출이 나오는 곳은 다름 아닌 광고 쪽이다. 그리고 광고라는 것은 영상에 등장하는 연예인의 이미지를 이용해서 불특정 다수를 대상으로 팔아먹는 행위다. 그런데 그 어떤 광고 회사가 까가 많은 연예인을 선택하겠는가?

"미안합니다."

결국 사과를 하는 유기호. 아무리 처남이라고 하지만, 이런 건 도무지 보호해 줄 수가 없었다.

"어, 네?"

"너 나가 봐."

"매형?"

"나가 보라고."

이를 갈면서 나지막하게 말하는 유기호의 기세에 눈치를 보다가 슬며시 나가는 처남.

그가 나가자 누군가 걱정스럽게 말했다.

"가시면 이혼하자는 소리 듣게 되지 않으시겠습니까?"

"그따위 소리 나오면 이혼할 겁니다."

병신 같은 짓을 해도 보호해 주는 것도 어느 정도다.

이런 식이면 임원은커녕 경비로도 쓰기 싫어진다.

"중요한 건 제 이혼 문제가 아니니 일단 해결책을 만들어 봅시다. 왜 일이 이 지경이 된 것 같습니까?"

"아무래도 그 당시 우리가 무리하게 레일을 깐 것이 문제가 된 것 같습니다."

"끄응……."

"사실대로 말하면, 도대체 그런 소문을 어디서 들었는지 의심을 가지는 시선이 점점 늘어나고 있습니다."

명예훼손 및 허위 사실 유포에 관련된 뉴스야 이미 인터넷에 퍼질 대로 퍼졌다.

문제는 어디서 나간 건지, 장도리가 레일의 엄마에게 창녀라고 한 것이 소송의 발단이라는 소문이 파다하게 난 상황이라는 것.

"방송국에서 막고 있기는 하지만……."

"방법이 없군요."

이 상황에서는 막을수록 도리어 의심만 산다.

"아무래도 저쪽에서 계속 소문을 내고 있는 모양입니다. 저쪽은 손해 볼 게 없으니까요."

레일의 어머니의 과거는 그냥 화류계에서 밥하던 식모라는 식으로 정리된 상황이다.

그런데 거기에다 대고 창녀라고 했으니 자신들이 불리하다.

"우리에게 그녀가 다른 쪽에서 일했다는 증거가 있나요?"

"물적증거는 없습니다만, 구해 볼까요?"

"아닙니다."

유기호는 바보가 아니다.

최소한 연예계에서 일하려면 눈치가 있어야 한다.

"그게 터지면 우리가 죽을 겁니다."

그걸 가지고 왔다는 것 자체가, 자신들이 레일의 뒷조사를 했다는 뜻이 된다.

그게 인정되면 얼마나 구설수에 오르겠는가?

거기에다 이미 명예훼손이 사실상 확정되고 있는 상황에서 그런 걸 또 들이밀어 봐야, 남의 인생 망치려고 작정하고 덤비는 놈이라는 증거밖에 되지 않는다.

"더군다나 그 가게, 안당 마님 가게라면서요. 거기서 직접 돈으로 동명의 피해자에게 보상금을 줬습니다. 이게 무슨 뜻인지 모르겠습니까? 이거 경고입니다."

자기 사람이니 건들지 말라는 경고다.

"이 바닥에서 안당 마님을 건드리고도 살아남을 수 있는 사람 있습니까?"

접대가 흔하게 벌어지는 이곳이다.

그런 거 하나 터지면 줄줄이 나가떨어질 것이다.

안당이 전화 몇 번만 해도, 자신들은 내일 당장 문 닫아야 한다.

"그쪽은 포기하세요."

레일의 어머니를 건드리는 게 자폭이라는 걸 안 유기호는 포기할 수밖에 없었다.

"하지만 소송은 어떻게 해야 할까요?"

"글쎄요. 일단 우리는 억울하다는 걸 어필해야지요. 그러면서 뒤로 접근해 봅시다. 우리 다음에 투자하기로 한 거 있지요?"

"네? 아, 네. 비트워라고……."

"거기에 넣어 준다고 해 보세요."

"하지만 거기는 장도리가 이미……."

유기호는 무서운 눈빛으로 김 이사를 노려보았다.

"김 이사, 거기에 넣어서 살릴 자신 있어요?"

"아니, 살리기 위해서라도 넣어야 합니다!"

"촬영 내내 사건이 질질 따라다닐 텐데? 기자 중 한 명이라도 이번 사건에 대해 물어보면 어떻게 할 건데요?"

"그건……."

"기자들이 다 관리되는 거 아닙니다."

설사 다 관리된다고 해도 어마어마한 돈이 계속 들어간다.

광고 출연도 사실상 막혔으니 그러면 적자가 심각해진다.

"그쪽에다가 협상해 봅시다. 일단 우리가 그 건에 대해 공식적으로 사과하고, 대신에 비트워 쪽에 넣어 준다고 해 봐요."

"그러면 우승자 자리를 빼앗길 겁니다."

"그래서?"

"그래서라니요?"

"어차피 우승자 자리는 물 건너갔으니, 그럼 그냥 도리 말고 신인을 밀어 넣어요."

"사장님!"

김 이사가 발끈하자 결국 유기호는 터지고 말았다.

"김 이사! 블러드소울이 당신네 쪽 라인에서 키운 거 알

아! 하지만 편도 적당히 들어야 할 거 아냐! 내가 오냐오냐하
니까 무슨 호구로 보여! 어!"

"사…… 사장님?"

"사장님? 그래, 나 사장이야! 그런데 왜 사장 말에 자꾸 말
대꾸하는데? 대책을 세우라고 하면 그것도 없다, 협상도 못
하겠다! 당신이 한 말은 그냥 조용해질 때까지 참자는 거 하
나뿐이잖아!"

"그건…….."

"이 바닥에 있으면서 배울 만큼 배웠잖아! 아무리 자기 라
인이라고 해도 적당히 해야지! 얼마 전에 PD들이랑 국장들
모가지 우수수 날아가는 거 못 봤어? 그거 다 노형진이 한 거
라는 거, 당신도 알잖아! 그런데, 그런 사람이 작심하고 덤비
는데 버티자고? 지금 그 대머리는 폼으로 올려 두고 다녀!"

"……."

"당장 가서 협상하고! 보고해! 아니면 사표를 들고 오든가!"

결국 김 이사는 고개를 푹 숙였다.

"뭐 해! 다들 가서 일해!"

발끈한 유기호가 호통치자 다들 조심스럽게 눈치를 보면
서 나갔다.

그런데 한 명이 유독 나가지 않고 눈치만 보고 있었다.

"남궁 상무는 왜 안 나가? 나랑 한판 하자는 거야, 뭐야?"

"그게 아닙니다. 아무래도 좀 아셔야 할 게 있어서…….."

"알아야 할 거?"

그러자 남궁 상무는 슬쩍 눈짓을 하며 말을 아꼈다.

아무리 화가 났어도 그 정도 눈치도 없진 않았기에, 유기호는 다른 사람들에게 손을 흔들었다.

"다 나가, 남궁 상무만 남고."

"네."

"알겠습니다."

다들 나가자 남궁 상무는 말석에서 일어나 그에게 다가왔다.

"그래서, 할 말이 뭔데?"

남궁 상무는 침을 꿀꺽 삼켰다.

사장이 평소에는 존댓말하지만 화가 극도로 나면 반말을 한다는 걸 알고 있다. 지금 잘못 말하면 모가지라는 것도.

하지만 말해야 하는 것은 말해야 한다.

"대표님, 말씀을 듣다 보니 이상한 게 있었습니다."

"이상한 게 뭔데?"

"안당 마님 말입니다."

"그건 왜?"

"그분이 섣불리 움직이는 분은 아니지 않습니까?"

"뭐?"

"아니, 그분이 이런 쪽으로는 섣불리 움직이는 분이 아닌데, 아까 대표님이 말씀하셨잖습니까, 이거 경고라고."

"으음……."

"고작 식모입니다. 물론 그쪽 라인일 수도 있지만, 조사한 바에 따르면 그건 아닙니다."

유기호는 눈을 찌푸렸다.

"그런데요?"

아까보다 좀 더 누그러진 듯, 돌아온 존댓말.

남궁 상무는 속으로 안도의 한숨을 내쉬었다.

"아무래도 이런 걸 무기 삼으면 나중에 문제가 돼서 안당 마님 쪽은 이런 걸 잘 안 휘두르시지 않습니까?"

"그건 그런데……."

술집 주인과 손님의 관계는 믿음으로 이어진다고 봐야 한다. 접대하고 룸살롱 가는 거 찍어서 악독하게 이용하려고 하는 걸 알면서 가게에 올 손님은 없으니까.

"그런데 왜 그분이 나설까요?"

"글쎄, 노 변호사랑 친하다는 이야기가 있던데……."

"아무리 친하다고 해도 대신 보상을 해 줄 정도는 아니죠. 천만 원이 작다면 작은 돈일 수도 있겠지만, 큰돈이기도 하지 않습니까?"

"으음."

유기호는 고민에 빠졌다.

그러고 보니 이상하다. 고작 식모 하나 때문에 천만 원이나 되는 돈을 동명의 피해자에게 줄 이유는 없다.

"뭐가 있다고 생각하는 겁니까?"

"네."

"그게 뭔데요?"

"글쎄요……. 전 모르겠습니다. 하지만…… 그 애들은 알 것 같습니다."

"그 애들?"

"블러드소울 말입니다. 요즘 장도리를 비롯한 세 명의 행동이 이상합니다."

유기호는 눈을 찌푸렸다.

사실 비트박스 정도 되는 회사는 라인이라는 게 없을 수 없다. 그리고 블러드소울은 오랜만에 터져 준 남성 그룹이기도 하지만 김 이사의 라인이다.

"김 이사는 말이 없고?"

"네. 뭐, 아는지는 모르겠습니다만."

"흠……."

"직접 찔러보시죠."

"직접 찔러보라고요?"

"네. 그 녀석들, 안당 마님에 대해 아는 눈치였습니다. 제가 슬쩍 그 이름을 입에 올리니 얼굴이 창백해지더군요."

"그 애들이? 그럴 리가요?"

안당이 화류계에서 유명하기는 하지만, 그건 말 그대로 접대를 하고 인맥을 쌓아야 하는 업계 종사자들에게 유명한 거지 손님에게 유명한 건 아니다.

화류계에 오래 있는 손님이라고 해도, 안당 마님이라는 존재를 아는 경우는 거의 없다. 소방서를 이용한다고 해서 소방청장의 이름을 알 필요는 없으니까.

"다 안다는 식으로 몰아 보면 뭐가 나올 것 같습니다."

"영 꺼림칙한데."

"안전을 위해서입니다."

"알겠습니다. 일단 불러 주세요."

남궁 상무는 바깥으로 나가더니 잠시 후 그 세 사람을 데리고 왔다.

"세 사람."

유기호 사장은 조용히 그들을 바라보았다.

그 시선에 더욱 주눅이 들어서 꼼짝도 못 하는 세 사람.

"나가자."

"네? 사장님, 어디를요?"

"안당 마님한테 사과하러 가자."

여기서 '너희, 뭐 잘못했어?'라고 물어보는 건, 그들이 숨기고 있는 것에 대해 모른다는 걸 인정하는 행위다. 그래서 그는 아예 안다는 식으로 이야기하며 바로 움직이자고 했다.

그런데 그들의 반응은 상상 이상이었다.

"허억!"

"헉!"

"사장님, 그건 안 돼요!"

유기호의 얼굴이 사정없이 일그러졌다.

안당을 모른다면 나올 수 없는 반응이었다.

"너 이 새끼들! 무슨 짓을 한 거야! 너희가 뭔 짓을 했기에 안당 어르신이 나서서 너희를 불러오라고 하는데!"

옆에 있던 남궁 상무가 모른 척 사장에 맞춰서 연기를 시작했다.

"그만해, 남궁 상무. 어차피 가면 알게 돼."

"사장님, 하지만 안당 어르신이 직접 전화해서 불러올 정도면 우리도 위험한 겁니다."

"그건 그런데……."

"뭐든 준비해 가야지, 당장 내일이면 투자금이 모조리 빠져나갈 수도 있습니다."

"으음……."

"너희들, 뭔 잘못을 했어!"

"그게……."

세 사람은 눈치를 보면서 입을 열지 못했다.

"말 안 해? 이 새끼들이!"

"그만해. 이만 어르신에게 가지. 가서 물어보고, 이놈들이 저지른 일이면 투자금을 모조리 토해 내도록 소송하면 되는 거야."

이글거리는 눈으로 무섭게 바라보는 유기호.

세 사람은 눈을 질끈 감았다.

"사실은……."

"사실은 뭐? 무슨 짓을 한 거야?"

"저희가…… 룸살롱에서……."

"여자라도 때렸냐?"

유기호는 기가 막혔다.

하지만 이상하다는 생각이 들었다.

그런 일은 흔하게 벌어지니 아래에서 해결할 문제이지 안당이 직접 나설 정도는 아니다.

그런데 상상을 초월하는 말이 터졌다.

"룸살롱에서 일했습니다."

"뭐?"

유기호는 멍한 얼굴로 세 명을 바라보았다.

"룸살롱에서 일해? 웨이터였다는 거야?"

그건 어떻게 해서든 실드 칠 수 있는 일이다.

그러나 그들의 직책은 그의 희망과 너무 멀었다.

"그게…… 저희는…… 호스트……."

"호스트? 잠깐, 그 호스트?"

상상도 못 한 말에 입을 쩍 벌리는 남궁 상무.

상황은 최악으로 치닫고 있었다.

이건 어떻게 실드를 칠 수 있는 수준이 아니었다.

"너…… 너희들, 이 새끼들…… 미쳤어?"

남궁 상무는 손이 덜덜 떨렸다.

안당이 가장 싫어하는 게 배신자다.

그런데 호스트바 출신이 대놓고 더러운 창녀라고 자기 라인을 욕했으니, 그녀 성격에 가만둘 리 없다.

"너…… 너희들…… 무슨 술집이었어……? 어? 어? 2차는 안 갔지? 그렇지?"

유기호는 어떻게 해서든 물어 보려고 다급하게 물었다.

하지만 그 목소리가 떨리는 건 어쩔 수가 없었다.

호스트로 일했다 해도 2차는 안 나갔다면, 어떻게 해서든 실드를 칠 수 있다.

어떻게 해서든…….

"2차도 나갔습니……."

털썩 주저앉는 남궁 상무.

최악이다.

이게 터지면 그룹이 날아가 버린다.

"이…… 개새끼들……."

"죄송합니다…… 죄송합니다……."

벌벌 떠는 세 사람.

'내가 미쳤지.'

물론 그 작전을 실행하라고 한 건 그 자신이었다. 하지만 이런 걸 알았다면, 실행은커녕 당장 이 세 사람을 퇴출시켰을 것이다.

"너희…… 이거 김 이사가 알고 있었어?"

"네…… 저희 가게에 직접 와서 저희보고 연예인 할 생각

없냐고……."

아무래도 비싼 호스트바에서 일하는 애들은 소위 말하는 '퀄리티'가 나올 테니까 충분히 생각할 수 있는 일이기는 하지만…….

"김 이사!"

유기호의 분노에 찬 목소리가 회사 내에 울려 퍼졌다.

⚖️

"얼씨구?"

노형진은 그쪽에서 다급하게 날아온 협상 내용에 어이가 없어졌다.

"뭐지? 며칠 전만 해도 끝까지 가자고 덤비더니 갑자기 왜 이래?"

공식적으로 사과를 하고 차기 프로그램에 넣어 주고 조용히 우승까지 책임지겠다고 나오는 그들의 행동에, 손채림은 어이가 없었다.

"이길 방법이 없어 보이니까 그러나 보지. 인터넷에 이미 소문이란 소문은 다 난 상황이잖아."

소문은 다 났고, 그걸 뒤집기 위해서는 방송국의 촬영본을 까야 한다.

하지만 어째서인지 방송국이 절대로 그 촬영 원본은 주지 않겠다고 버티고 있는 상황.

그러니 누구나 이상하다고 생각할 수밖에 없다.

"전이라면 그냥 연예계 단신쯤으로 취급받겠지. 하지만 팬클럽이 테러를 가해 주신 덕분에 메인으로 떠 버렸잖아."

그러니 이들 입장에서는 어떻게 해서는 막아야 한다는 소리다.

"그래서 이쯤에서 그만할 거야?"

"아니, 그럴 리가. 빼먹을 수 있으면 악착같이 빼먹어야지."

"무슨 사채업자 같은 말을 해?"

"뭐, 비슷하기는 하지."

노형진은 키득거렸다.

"그들에게 무슨 일이 벌어졌는지는 몰라. 하지만 다급하게 연락한 걸 봐서는, 분명히 자기들이 불리하다는 걸 안 거야."

"그러니까 협상을 하자는 거 아냐? 손해 보는 건 아닌 것 같은데."

"우리가 손해야."

"어째서?"

"그들이 제시한 건 우리도 충분히 얻을 수 있어. 그런데 왜 얻을 수 있는 걸 알면서 그쪽을 위해 포기해야 해?"

"그런가?"

"더군다나 우승을 한다고 해도 결국 바뀌는 건 없지. 인터넷에서 박제된 이상 그건 영원히 따라가."

"아······."

다음 프로그램인 비트워에 넣어 준다고 했다.

그리고 우승을 보장해 준다고 했다.

하지만 생각해 보면 비트워든 뭐든, 협회에서 조금만 힘쓰면 출연시키는 건 일도 아니다.

애초에 옛날에 프로그램에 출연했던 것도, 협회에서 레인의 실력을 다 인정해서 그런 것 아닌가?

"거기에다가 그는 전 프로그램에서도 다 씹어 먹고 다녔어."

"그거 봤구나?"

"일단 사건과 관련이 있으니까 보기야 했지. 급이 다르더만."

랩에 대해 잘 아는 건 아니지만, 감정의 전달력 자체가 완전히 달랐다.

"얼마 전에 유명 래퍼가 한 말이 있지. 우리나라 랩 하는 놈들은 반반이라고. 저항도 없고 감성도 없고 그냥 나불거릴 줄만 아는 아이돌 출신 래퍼가 반, 아니면 범죄와 저항이 같은 건 줄 알고 폭행하고 약이나 하는 약쟁이들. 사실은 전혀 다른데 말이지."

"부정을 못 하겠네."

왠지 씁쓸하게 말하는 손채림. 그 말이 아예 틀린 건 아니었으니까.

"하지만 레일을 보고 나면 그 말이 쏙 들어갈 것 같은데?"

"그거야 그래. 우승을 노릴 수 있겠지."

"그래. 그런데 어차피 들어갈 수 있는 걸 왜 양보받으면서 우리가 손해를 봐?"

막말로 노형진이 힘쓰면 레일이 못 들어가지는 않는다.

"하지만 거기서 우승한다고 해도, 결국 그 인성 논란은 그가 활동하는 내내 따라다닐 거야."

"아…… 그러면 손해네."

"손해지."

그들이 내건 조건은 결국 그럴듯하지만 절대 받아들일 수 없는 그런 조건이었던 것.

"끝까지 갈 거야."

방송국에서 촬영분을 받아서 까발릴 것이다.

그 후에 레일을 출연시켜서 띄우면 그만이다.

"문제는 방송국이지. 아마 그쪽은 쉽지 않을 거야."

노형진은 눈을 찡그리면서 말했다.

고소 한번 해 보시든가?

"역시나."

법원의 명령에 방송국은 불응했다.

심지어 소송에도 정식으로 변호사를 사 대응하기 시작했다.

"어째서 이러는 거야?"

어리둥절한 표정이 되는 손채림.

자신들이 모든 촬영분을 다 달라는 것도 아니다.

딱 그날, 그날 촬영분만 달라고 했을 뿐이다.

계약서상에 기재된 그들의 편집권에 대해 항의하면서 손해배상을 해 달라는 것도 아니고 말이다.

"방송국 입장에서는 타격이 크거든."

"타격 입을 게 뭐가 있어? 어차피 명예훼손을 한 건 그들이 아니잖아."

"그건 그래. 하지만 돈이 문제가 아니라 진실성의 문제지."

안 그래도 요즘 경연 프로그램이 많아지고 있다.

그런 프로그램의 목표는 바로 실력이 있는 사람들을 발굴해 내고자 하는 것.

"그런데 이번 사건이 외부로 나가 봐. 사람들이 이미 방송분은 봤단 말이지. 그런데 진실이 드러나면, 결국 조작했다는 소리가 되거든."

"아하! 결국 방송국에 대한 믿음이 깨지는 거구나!"

"그래, 완전히 깨지겠지."

방송에서 그 정도의 사건을 대놓고 조작했다는 게 드러난다면 사람들은 경연 프로그램을 믿지 않게 될 것이다.

"그리고 그동안 악마의 편집을 당한 사람들이 억울하다고 들고일어날 수도 있고."

단순히 한 명이 거짓말을 한 게 문제가 아니다.

방송국이 한 명을 위해 움직였다는 것이 문제다.

"그리고 그걸 파고들다 보면 뇌물 같은 게 나올 수도 있고. 안 그래도 얼마 전에 방송국의 대단위 불륜으로 내부가 시끄러운 상황이야. 그런 상황에서 방송국에 대한 믿음이 깨지면 아무래도 곤란하지."

"믿음이라……."

손채림은 왠지 비웃는 듯한 표정이 되었다.

"지금 방송국에 믿음이 있기는 했어? 참 웃기네."

"그건 그래, 후후후."

웃기지만 경연 프로그램이 유행하는 것에 대해 한 정신과 의사가 이렇게 진단을 한 적이 있다.

사회가 불공정하다 보니, 사람들이 오로지 실력으로 공정하게 성공할 수 있는 프로그램을 찾기 시작했다고.

"그런데 정작 그 프로그램이 믿을 수 없는 대상이라는 소리가 나와 봐."

"아아…… 시청률이 아주 쭉쭉 떨어지겠네."

"그러니까 못 주는 거야. 조작했다는 걸 인정할 수는 없으니까."

"이해했어."

고개를 끄덕거리는 손채림.

'결국은 막을 수 없는 일이지만.'

광풍처럼 몰아붙이는 경연 프로그램이지만, 정작 그 광풍은 담당 PD들이 말아먹었다.

물론 시간이 지나면서 흐릿해진 것은 사실이지만, PD들은 그걸 좀 더 참신한 기획으로 보충하는 대신에 악마의 편집으로 구설수만 만들어 냈고, 나중에는 경연 프로그램은 그저 그런 프로그램이 되어 버렸다.

"그러면 이걸 어떻게 하지? 그걸 까야 레일의 명예가 제대로 복구될 텐데."

"그러게. 그게 문제네."

저쪽은 아마도 계속 항소하면서 시간을 끌 것이다.

그리고 그게 끝날 때쯤이면 이미 레일은 묻혀 버렸을 가능성이 높다.

'보복을 하지 말라는 법도 없고 말이지.'

그걸 막기 위해서는 이쪽도 그 보복에 대응할 수 있을 정도의 힘을 가지고 있다는 걸 보여 줘야 한다.

"문제는 아무리 봐도 편집권은 PD의 관할이라는 거거든."

이건 소송으로 어찌할 수 없는 일이다.

"와, 진짜 방법 없다."

노형진은 머리를 부여잡았다.

이런 진짜 답이 안 나오는 사건은 그로서도 처음이었다.

아무리 그들이 조작한다고 해도, 결국은 자기들의 권한 내부에서 하는 일이다.

"이거 뭐 퇴마 의식이라도 해야 하나?"

손채림의 자조 섞인 중얼거림.

"퇴마 의식? 웬 뜬금없는 퇴마 의식?"

"스스로 악마의 편집이라고 하잖아. PD들이 스스로 편집하는 건데, 그러면 자기들이 악마라는 걸 인정하는 거 아냐?"

"그건 그러네."

자기 스스로 악마의 편집이라고 하니 하는 당사자는 퇴마 대상일지도 모른다.

이것이법이다

"이건 뭐 피해자들은 뭐라고 할 수가 없으니. 권한이 아니라 횡포네, 횡포."

"잠깐."

"응?"

노형진은 머릿속에 뭔가 스치고 지나가는 것을 느꼈다.

"그게 가능할지도 모르겠는데?"

"뭐?"

"피해자들이 뭐라고 할 수는 없잖아?"

"그렇지."

"그 애들한테만 뭐라고 안 하면 되는 거 아냐?"

"그게 무슨 소리야?"

"계약서의 함정이지."

계약서는 제삼자에게는 효과가 없다.

즉, 방송국과 그 방송에 대해 불만을 제기하지 않겠다고 이야기하는 것은 방송국에 대해서만이다.

"그래서 내가 방송국에 불만을 제기하지 않고 그 도리인지 뭔지에 대한 명예훼손으로 인한 손해배상을 주장한 거고."

"그건 그렇지."

"똑같이 가는 거지."

"똑같이 가자고?"

"그래."

노형진은 씩 웃었다.

"우리도 고소 한번 당해 보자고."

⚖️

손채림은 노형진의 말대로 방송국 측에서 소위 악마의 편집을 당했다는 피해자를 찾기 시작했다.

이번에는 레일이지만, 그동안 악마의 편집을 당한 사람들은 한두 명이 아니었다.

"그러니까 악마의 편집을 당한 사람이 이렇게 많다는 거지?"

"이것도 그 방송국 피해자들만 뽑은 거야. 아니, 이 새끼들 진짜 악마 아냐?"

손채림은 회의실을 가득 메운 사람들을 보면서 혀를 끌끌 찼다.

그럴 수밖에 없는 게, 피해자가 무려 예순 명이 넘었다.

"이거보다 더하면 더했지 덜하지는 않을 텐데?"

경연 프로그램이 유행하면서 소위 말하는 악마의 편집도 유행했다.

그렇다 보니 경연 프로그램뿐만 아니라 이런저런 프로그램들도 죄다 악마의 편집을 하기 시작했던 것.

사실 악마의 편집을 하지 않아도 되는데 이슈를 타기 위해 고의적으로 그러는 프로그램도 한두 개가 아니었다.

"그나마 그냥 이슈 타려고 그딴 식으로 편집한 건 양심적

이것이 법이다

인 거야. 뭐 하나가 틀어져서 그딴 식으로 취급당한 사람들도 많아."

"뭐 하나 틀어져서……."

좋게 말해서 틀어져서라는 거지, 대놓고 말하면 접대나 뇌물을 요구했다가 거절당하자 망하라고 조작한 것일 것이다.

"이런 식이면 당사자들이 자발적으로 성 상납을 안 할 수가 없지."

"내가 너무 쉽게 생각했네."

대놓고 협박을 하지는 못하겠지만 자신의 권한 내에서 적절하게 악마의 편집을 하면 상대방은 극심한 고통을 받을 수밖에 없다.

공중파에서 나쁜 사람으로 찍히면 사람들이 좋게 보지는 않을 테니까.

"옛날에는 악당 역할만 해도 사람들한테 미움받았다잖아."

"그렇지."

손채림의 말에 노형진은 고개를 끄덕거렸다.

그리고 한마디 덧붙였다.

"그런데 요즘은 또 리얼리티가 대세니까."

리얼리티라는 것.

그건 즉, 그게 현실이라는 소리다.

문제는 악마의 편집도 사실은 사실이라는 것.

"일단 피해자들과 이야기해 보고 해결책을 만들어 보자."

노형진은 사람들의 앞으로 나가서 인사를 건넸다.

"반갑습니다. 노형진이라고 합니다. 여러분들의 사건을 담당하게 될 변호사입니다."

노형진의 말에 모두의 시선이 쏠렸다.

'안타깝군.'

노형진은 그들의 시선에서 절망감을 느낄 수 있었다.

유일한 기회라고 잡은 기회가 자신의 인생에 절망을 가지고 올 거라고, 설마 이들이 알았을까?

"여기 계신 분들은 악마의 편집에 희생당한 사람이라고 들었습니다."

"맞아요."

"네, 맞습니다."

"제가 키운 가수는 얼마나 충격을 먹었는지 그길로 다 때려치우고 취직해 버렸다고요! 내가 들인 돈이 얼만데!"

"난 그거 때문에 파혼당했어요!"

억울해서 그런지 사방에서 원성이 튀어나왔다.

"차라리 제가 진짜 그런 쌍놈의 새끼라면 억울하지라도 않지요!"

한 남자의 비탄 어린 목소리.

"처음 보는 사람이니 말 붙이기가 어려워서 어색한 건 사실입니다. 하지만 방송 나갈 때 보니까 교묘하게 사람 무시하는 인간으로 보이게끔 편집했더군요."

"저는요? 제가 나갔던 프로에서 같이 팀원이 된 사람이, 자신은 준우승이 내정되어 있다고 제대로 하지도 않았어요! 저는 그게 마지막 기회여서 남한테 피해 줄 거면 알아서 빠지라고 한 것뿐인데……."

그러나 방송에는 자신의 욕심 때문에 선량한 팀원을 괴롭히는 사람으로 나가 버렸다.

"한두 개가 아니군요."

악마의 편집이라고 이야기는 많이 들었지만 그들이 입은 피해는 한두 개가 아니었다.

'물론 이 안에도 마냥 선량한 사람만 있는 건 아니겠지.'

진짜로 악마의 편집을 당한 사람이 아니라 처음부터 성격이 개차반인 사람이 있을 수도 있다.

하지만 그건 상관없다.

어차피 노형진의 목적은 PD들이 자신들의 권한을 이용해서 횡포를 부리지 못하게 하는 것.

이들이 나중에 PD들과 무슨 이야기를 하든, 그건 노형진이 나설 일이 아니다.

정식으로 수임한 사건이 아니니까.

"여러분들의 억울한 마음은 잘 알겠습니다. 그래서 저희는 여러분들에게 그 억울함을 덜어 낼 수 있는 기회를 드리고자 합니다."

"기회를 준다고요?"

"어떻게요? 방송사를 대상으로 소송이라도 하려고요?"

"이미 알아봤어요. 그건 불가능합니다."

다들 고개를 절레절레 흔들었다.

특히 어떤 소속사 사장은 억울한 듯 크게 소리 질렀다.

"우리가 출연할 때 이미 편집 방향에 대해 이의를 제기하지 않겠다고 각서를 썼습니다!"

"알고 있습니다. 하지만 그건 당사자들끼리의 문제이지요."

"당사자끼리의 문제?"

"네."

그 각서에 사인을 했을지언정, 다른 곳에서 이야기하지 말라는 내용은 없다.

"하지만 보안 유지 각서도 이미 사인했는데."

"저도 그 계약서를 확인해 봤습니다. 그런데 그 보안에 대한 부분은 해당 프로그램의 내용에 관한 부분이더군요."

각 출연자들의 성적이나 순위, 그리고 누가 떨어지고 누가 올라가느냐와 같이 프로그램 내부에서 사람들에게 정보를 줄 수 있는 것은 외부로 발설해서는 안 된다는 각서는 존재한다.

"하지만 그 프로그램에서 부당하게 당한 것에 대한 이야기를 외부에 해서는 안 된다는 내용은 없습니다. 설사 있다고 할지라도, 그건 현행법상 완벽하게 위법한 계약서이지요."

그들이 억울하게 당한 것을 외부에 발설하는 것은 절대 불법이 아니다.

"그런데 그걸 말하면 저쪽에서 고소가 들어올 겁니다."

누군가 겁먹고 말을 꺼냈다.

"저도 억울하지 않은 게 아닙니다. 하지만 저들이 고소하면 저희는 그 고소를 감당할 수가 없습니다."

다들 고개를 끄덕거렸다.

대부분 비슷한 처지다.

다른 곳도 아니고 거대한 방송국이 고소를 하기 시작하면 그들의 삶은 더 피폐해질 것이다.

"제 생각은 반대입니다."

"반대?"

"저는 여러분들이 고소를 당해야 한다고 생각합니다."

"네?"

"어차피 여러분들의 삶은 방송국 때문에 망가졌습니다. 아닌가요?"

"그건……."

부정할 수 없는 사실이다.

실력이 있으면 뭐 하나?

인성이 개판이라고 소문이 나 있는데.

물론 실력만 있다면 인성은 안 따지는 곳도 있지만, 최소한 한국은 아니다.

인성이 나쁘면 어지간히 실력이 있어도 뜨지 못한다.

"제가 봐서는 차라리 여러분들이 인성 논란을 뒤집는 것이 훨씬 이득입니다."

"하지만 방송 출연 같은 게……."

"과연 여러분들이 방송 출연을 할 수 있으리라고 생각하십니까?"

이미 방송에서 그들의 인생을 망가트렸다.

다른 방송에 출연해서 그들이 '저 원래 그런 사람이 아닙니다.'라고 말할 기회를 방송국이 줄 리 없다.

"제가 알기로는 악마의 편집에 당하신 분들 중에서 재기에 성공하신 분은 없을 텐데요?"

애초에 악마의 편집의 대상으로 찍었다는 것 자체가, 그 대상을 완전히 버릴 각오를 하고 있다는 뜻이다.

어차피 다시 안 볼 사이니까 막 써먹겠다는 속셈인 셈.

"여러분같이 기회를 잡으려고 하는 사람들은 많습니다. 그런데 왜 그들이 자신들의 과거 방송을 부정하면서 악마의 편집의 희생자를 방송에 다시 내보내려고 하겠습니까? 툭 까고 묻겠습니다. 여기 계신 분들 중에서 다시 방송에 출연하신 분, 계십니까?"

"……."

아무도 대답하지 못했다.

아니, 할 수가 없었다.

없었으니까.

이미 이미지가 망가진 상황에서, 출연한다고 해도 방법이 없고 말이다.

"여러분들은 다시 기회를 잡기를 원합니다. 하지만 저들은 아예 기회를 줄 생각이 없지요."

"크윽……."

"도리어 지금이 기회입니다. 여러분들이 인성 논란에서 벗어날 수만 있다면, 역으로 치고 들어갈 수도 있습니다."

"역으로?"

"네. 이런 말이 있지요. 일단 유명해져라, 그러면 네가 똥을 싸도 사람들은 너에게 박수를 보낼 것이다."

성공한 연예인들 중에서 인성 논란에 휩싸인 사람이 없는 것이 아니다.

하지만 그들은 유명하니까 도리어 PD가 섭외하기 위해 집 앞으로 찾아간다.

"방송을 하면서 PD들과 척지는 사람들이 없을까요? 그런 사람들이 아예 방송에 출연 못 하던가요?"

"그건……."

"여러분들이 인성 논란에서 벗어날 수만 있다면, 인터넷 방송국을 통해서도 재기할 수 있습니다. 그러나 인성 논란이 있으면 인터넷 방송국에서도 여러분을 쓸 수가 없지요."

좌중에 침묵이 흘렀다.

두려운 것은 사실이다.

하지만 노형진의 말대로 두려워서 그냥 침묵하고 있으면 자신들은 재기할 수 있는 방법이 없다.

"그러면 어떻게 해야 합니까?"

"적극적으로 인터넷에 글을 써야 합니다. 억울하다고, 그들의 횡포에 대해 말이지요."

"하지만 그랬다가는 고소가 들어옵니다."

"그게 목적이라고 아까 말씀드렸잖습니까?"

"아니, 어째서요?"

"돈보다는 명예니까요. 그리고 그들은 소송을 하지 못합니다."

"못 한다고요?"

"네, 그래서 여러분들에게 글을 쓰라고 하는 겁니다."

　인터넷에 글을 쓰면 그들은 불편한 기색을 감추지 않을 것이다. 당연히 그 PD는 욕을 먹을 테고, 성 상납이나 뇌물 요구 같은 것은 경찰이 인지하고 인지 수사가 진행될 수도 있는 사항이다.

"하지만 그들은 소송을 하는 데 어마어마한 부담을 느낄 겁니다."

"어째서요?"

"소송을 하게 되면 지금 레일과 마찬가지가 되거든요."

　그들이 소송을 한다면 그 죄목은 허위 사실 유포에 의한 명예훼손일 것이다.

그 경우 레일과 마찬가지로 원본 영상을 까야 한다.

"지금 레일 사건에 대해 아시겠지요? 그들은 원본 영상을 까지 않기 위해 장기 소송을 불사하고 있습니다. 어째서일까요?"

"아!"

그걸 까면 그들이 한 악마의 편집이 드러난다.

그 후에는 상황이 바뀌어 버린다.

증거가 드러난 이상 이쪽은 더 이상 그 계약서에 묶여 있을 이유가 없고, 역으로 방송국과 PD를 명예훼손으로 고소할 수 있다. 교묘하게 장면을 편집해서 대상의 명예를 실추시킨 거니까.

"사실 이건 기본적으로 레일의 사건과 같습니다. 하지만 다른 것은, 진짜 고소를 했을 때 과연 불리한 것은 누구냐의 문제이지요."

저들이 굳이 각서까지 써 가면서 터치하지 못하게 하는 것은 그게 드러났을 때 자신들이 불리하기 때문이기도 하다.

"지금 상황에서는 저들은 문제가 없습니다. 하지만 여러분들이 계속 인터넷에 의문을 제기하면 이야기가 달라집니다."

그들이 해당 영상을 공개하지 않는 것은 자신들이 조작했다는 사실이 드러날까 봐서다.

"그런데 만일 그들이 그걸 드러내지 않는다면요?"

"유구무언이라는 말이 있지요."

입이 있어도 말은 할 수 없다.

그 말은 자신의 잘못이 있어서 어쩌지도 못한다는 뜻이다.

"이쪽에서 그렇게 했을 때 저쪽에서 대꾸하지 못한다는 것. 그건 저들이 자신들의 잘못을 사실상 인정한다는 뜻입니다."

교묘한 작전에 사람들은 탄성을 내질렀다.

"그러면 우리가 억울하게 당한 게 소문이 나겠네요?"

"네."

그리고 저들은 더 이상 악마의 편집을 하지 못하게 될 것이다. 인터넷에서 악마의 편집이라고 떠들기 시작하면 소송으로 가게 될 부분까지 감안해야 하니까.

"칼자루는 여러분들이 쥐고 있습니다. 저희한테 의뢰를 하시겠습니까?"

그러자 몇몇 사람들이 자리에서 일어났다.

어차피 방송과는 인연이 없는 일반인 출연자들이었다.

"그러지요."

"제 명예만 찾아 주시면 됩니다."

"부탁드립니다."

그들을 시작으로, 사람들은 너도나도 위임장에 사인을 하기 시작했다.

⚖️

다음 날부터 그들은 인터넷에 글을 쓰기 시작했다.

애초에 충격적인 이야기인 데다가 노형진이 조금 힘쓰자, 해당 글들은 무서운 속도로 인터넷에 퍼지기 시작했다.

그리고 사람들은 해당 방송국에 엄청나게 몰려가서 항의 했다.

"아니, 이것들이 미쳤나!"

조규오 PD는 길길이 날뛰었다.

자신에게 억울하게 당했다면서 글을 쓴 사람들이 무려 열 다섯 명이나 되었다.

그들은 조규오 PD가 요구한 것을 들어주지 않았다는 이 유로 억울하게 인성이 개판으로 조작되었다면서 눈물로 호 소했다.

"너…… 이거 무슨 소리야?"

"아이고, 국장님. 이거 아닙니다. 진짜 아니에요."

"아니긴 뭐가 아니야? 너 전 국장이랑 친하잖아."

"아니, 그건…….."

전임 국장이 불륜으로 인해 이혼과 해고를 당하고 나서 온 국장은, 자신이 국장을 달기 무섭게 사고를 친 조 PD를 잡 아먹을 듯 노려보았다.

"아주 글이 가관이더라? 성추행하고 모텔로 오라고 했다고?"

"그런 적 없습니다! 진짜예요!"

"이건 돈을 요구했네?"

"아니라니까요!"

"너 지금 국장한테 개기냐?"

"아이고, 형님. 왜 이러십니까, 우리끼리?"

"야, 이 새끼야!"

꾹 참던 국장은 결국 터지고 말았다.

"형님? 형님? 지금 내가 너희 형님으로 보여? 이 개자식아!"

내부 승진으로 올라온 그였기에 조규오에 대해 잘 안다.

물론 현장에 있을 때는 조규오와 친하게 지내기는 했다.

하지만.

"네가 출연자들 성추행한다는 소리를 내가 한두 번 들은
줄 알아? 그래도 내가 모른 척했어. 그런데 뭐? 아니라고?
너 미쳤어? 형님? 형님? 이게 지금 형님이라는 말로 무마될
일이야?"

"아니…… 저기…….."

"전임 국장 그 새끼야 여자가 치마만 두르고 있으면 발정
나는 거 다 알아. 그리고 네가 그 새끼랑 붙어 다닌 것도 다
알고. 그런데 뭐? 형님? 내가 지금 전임이랑 똑같아 보이냐!"

친한 척하면서 어떻게 해서든 무마하려고 하던 조규오는
진땀이 흘렀다.

설마 이런 글을 인터넷에 한꺼번에 올릴 줄은 몰랐던 것이다.

"한두 명이 올렸어야 우리가 무마하지. 너 하나한테 글 올
린 사람만 열다섯 명이야!"

"그 애들이 짜고…….."

"짜기는 뭘 짜!"

국장은 이를 박박 갈았다.

최종 결정을 국장이 하는 건 맞다.

하지만 편집권은 PD에게 있다.

게다가 아무리 시간이 넘쳐도 국장이 모든 방송을 다 보는 것은 현실적으로 불가능하기에, PD가 넘기는 방송을 그대로 내보내는 것이 일반적이었다.

"형님, 아니 국장님. 저 새끼들이 지금 나한테 억울해서 그러는 겁니다. 그러니까 당장 고소해서 엿을 먹여 줘야 합니다."

"너 지금 그게 말이 된다고 생각하니?"

"네?"

"너 지금 레일 거 방송분 안 주고 있지. 그거 왜 안 주는데?"

"……."

조규오는 입을 꾸욱 다물었다.

레일이 출연한 방송에서 악마의 편집을 한 것은 다 인정하는 상황이다.

다만 자존심 때문에 방송국에서 버티고 있을 뿐.

"그런데 이건 줄 자신 있어?"

"네?"

"사람들이 글 올린 거 말이야. 아까 변호사가 왔다 갔다. 이거 고소 들어가면 해당 촬영분을 까야 한단다."

"아니, 왜요!"

"당연한 거 아냐?"

거기서 무슨 일이 있었는지 확실하게 증명할 수 있는 영상이 존재한다.

판사가 어지간한 바보가 아닌 이상에야 일단 그거부터 보자고 할 것은 당연한 일이다.

"그런데 너 그거 공개해도 되냐? 어? 너 진짜 한 점 부끄러움 없이 사실만 담아서 편집한 거 맞아?"

"그건……"

조규오는 말을 할 수가 없었다.

물론 그가 성추행하거나 잠자리를 요구하거나 돈을 요구하는 장면이 카메라 영상에 있지는 않을 것이다.

하지만 누가 봐도 이해가 안 되게 일방을 묻어 버릴 각오로 촬영을 조작한 것은 어렵지 않게 확인할 수 있다.

앞뒤를 자르는 것은 기본이고, 사흘 전 촬영분과 오늘 촬영분을 뒤섞고, 질문이 다른데 열흘 전에 한 말을 대답으로 넣고 오늘 대답은 잘라 버리고.

"소송 못 한답니까?"

조규오는 더럭 겁이 났다.

직접 저지른 일이 있으니 다급해진 것이다.

"그래서 너한테 묻는 거잖아."

국장은 이를 박박 갈면서 물었다.

그 자신은 아는 것도 없는데 갑자기 불려 가서 사장에게 신나게 깨지고 왔으니 기분이 좋을 리 없다.

"너 조작 안 했어? 어? 누구 하나 묻어 버리려고 악마의 편집 안 했냐고."

"……."

"다 필요 없다. 그 영상, 까도 되는 거야?"

"……."

"이런 씨발 새끼."

국장은 이를 악물었다.

그리고 위의 결정 사항을 그에게 알렸다.

"너 지금 촬영하고 있는 모든 프로그램에서 손 떼."

"헉! 국장님!"

"아가리 닥쳐라. 너 지금 상황이 이해가 안 가냐? 넌 인터넷도 안 보고 살아?"

지금 웹상에는 방송국에 대한 욕이 가득했다.

안 그래도 레일 문제로 인해 의심을 받고 있는 상황에서 터진 일이라 방송국도 심각하게 받아들이고 있었다.

"이따가 오후부터 네가 촬영한 거 전수조사 들어갈 거다."

"전수조사요?"

"그래. 국장급 이하 다 붙어서 모조리 확인하고, 어떤 부분을 악마의 편집을 했는지 다 보고하란다."

"국장님…… 그건 제발……. 그건 좀 막아 주세요."

"새끼…… 결국……."

벌벌 떠는 조규오를 보면서 국장은 한숨이 나왔다.

'젠장, 망할 전임자 새끼 같으니.'

제대로 통제만 했으면 이런 일이 벌어지지 않았을 것이다.

하지만 똑같은 놈끼리 붙어먹다 보니 결국 일이 걷잡을 수 없이 불어난 것이다.

"국장님."

"또 뭐야? 지금 아무도 들어오지 말랬지?"

"법무 팀에서 찾아왔습니다."

"법무 팀?"

그는 조규오를 무섭게 노려보았다.

그러자 또 뭐가 걸렸나 하는 생각에 조규오는 찔끔했다.

그러는 사이 법무 팀이 들어와 국장에게 인사하고는 뭔가를 건넸다.

"이게 뭡니까?"

"정식으로 들어온 항의 서한입니다."

"항의 서한?"

"네. 대형 소속사들이 이런 걸 보내왔더군요."

조규오를 노려보는 국장.

"전 몰라요! 진짜예요!"

"이게 뭔지나 알고 변명하는 거야, 너?"

조규오는 꿀 먹은 벙어리가 되어 버렸다.

법무 팀 직원은 그런 조규오를 보면서 한숨을 쉬었다.

"저쪽의 요구는 간단합니다. 조 팀장을 비롯해서 이번에 문제가 된 PD들에 대한 징계를 하지 않을 경우, 해당 PD들이 연출하는 모든 프로그램에 대한 출연을 거부하겠답니다."

"뭐?"

"그리고 엔터테인먼트조합도 같은 의견을 보내왔습니다."

"뭐라고? 잠깐, 그러면……."

조규오는 얼굴이 사색이 되었다.

메이저급 소속사들과 엔터테인먼트조합 소속의 출연자들이 그의 프로그램에 출연을 거부한다는 것은, 한국의 전체 출연자들 중 70% 이상 출연을 거부한다는 뜻인 동시에 방송을 이끌어 갈 수 있는 메이저급은 100% 출연하지 않는다는 소리다.

사실상 PD로서 생명을 다한 셈이다.

"이런 미친……."

이런 상황이면 징계가 아니라 잘라야 한다.

데리고 있어 봐야 월급만 까먹는 짐 덩이가 될 테니까.

"이런 경우…… 아마 해직으로 끝날 겁니다."

보통 당사자 앞에서는 징계에 대해 말하지 않는 법무 팀 직원은 짜증으로 가득한 얼굴로 조규오를 바라보면서 말했다.

"형님! 형님! 제발 용서해 주세요! 형님! 한 번만 봐주시면……!"

"닥치고 나가라."

"형님! 제가 충성을 다하겠습니다! 뭐든 다 할 테니까……!"

군림하던 PD에서 졸지에 해직 대상이 되어 버린 조규오는 벌벌 떨었다.

하지만 국장은 그의 손을 잡아 주는 대신에 인터폰을 눌렀다.

"야, 누가 저 새끼 좀 끌어내."

"헉, 형님! 국장님!"

조규오는 끌려가면서 몸부림쳤지만, 그가 다시 방송국에 들어올 일은 없었다.

⚖

그 일이 있기 며칠 전. 노형진은 대형 소속사의 사장들을 만났다.

그들은 규모가 있어서 조합의 힘이 필요 없는 사람들이었다. 하지만 그들이 조합에 속하지 않았다고 해서 그들의 도움을 받아 내지 못할 이유는 없었다.

"그러니까 그런 PD를 몰아내자?"

"네. 그런 사람들 때문에 선량한 출연자들이 고통받고 있으니까요."

"노 변호사, 자네 말은 좋은데 말이야, 우리가 자네 말을 들어야 하는 이유는 없어."

노형진은 순수하게 좋은 목적으로 말했다.

하지만 상대방은 그걸 받아들이고 싶어 하지 않았다.

"자네의 영향력은 그 조합이 끝이야. 자네가 그런 걸 요구한다고 해서 우리가 순순히 받아들일 거라는 생각은 말게."

'그래, 그럴 줄 알았다.'

노형진은 머리를 북북 긁었다.

'그러한 구조에 가장 이득을 보는 건 저들이지.'

조합 차원에서 로비를 막고 있는 조합과 다르게 이들은 개인 기업이고 로비에서 자유롭다.

당연히 저들도 그런 로비가 자신들에게 유리하게 작동하는 것을 알고 있으니 고치려고 하지 않을 거라는 것쯤은 어렵지 않게 예상할 수 있다.

"조합에서 뭘 하는지는 압니다. 우리도 나름 노력을 하고요. 하지만 우리한테 부당하게 압력을 행사하는 것을 두고 보지는 못합니다."

"그래요?"

노형진은 어쩔 수 없다는 듯 어깨를 으쓱했다.

"뭐, 그렇게 생각하실 수도 있겠지요."

의외로 순순히 물러나는 노형진의 모습에 다들 미심쩍은 표정이 되었다.

아무리 노형진과 같이 일하지 않는다지만, 그가 이런 타입이 아니라는 것쯤은 알고 있으니까.

그리고 노형진도 쉽게 물러날 생각이 없었다.

"뭐, 블랙리스트가 있다면 화이트리스트도 있지 않겠습니까?"

"화이트리스트?"

"네. 생각을 해 보세요. 제 피해자들은 성 접대를 하지 않았다는 이유로 악마의 편집을 당해서 인생이 망가졌습니다. 하지만 누군가는 그 성 접대 요구를 받아들이고 그 대신 꽃길을 가지 않았겠습니까?"

"뭐라?"

다들 눈썹이 꿈틀했다.

"지금 위협하는 겁니까?"

"위협이 아닙니다. 가능성의 문제이지요. 그런 거 아니겠습니까? 블랙리스트를 만드는 건 위험하지요. 하지만 PD들이 화이트리스트를 만드는 건 문제가 안 됩니다."

노형진은 실실 웃고 있었다. 하지만 각 소속사 사장들은 그 말이 뜻하는 바를 알고 있었다.

'젠장.'

대부분의 경연 프로그램 우승자들은 메이저 회사 소속이다. 설사 소속이 아니라고 해도, 보통은 메이저 회사에서 데리고 간다.

블랙리스트가 불이익을 줄 대상이라면 화이트리스트는 이득을 줘야 하는 대상이다.

그리고 이번 사건에서 PD들에게 접대를 해 주지 않았다는 이유로 다수의 사람들이 블랙리스트에 올라가서 악마의 편집을 당했다.

그걸 반대로 생각하면, 해당 프로그램의 우승자이거나 좋은 성적을 낸 사람들은 PD들의 뇌물이나 성 접대 요구에 순응해서 화이트리스트에 올라가 꽃길을 걸었을 가능성도 존재한다.

아니, 그렇게 보인다.

최소한 노형진은 그렇게 보이게 만들 수 있고 말이다.

"그거 증거는 있어서 하는 말입니까?"

"무슨 증거요?"

"화이트리스트라는 거 말입니다."

"모르는데요."

"뭐요?"

"제가 뭐 증거가 있어서 이야기하는 건가요? 다 인터넷에서 떠도는 소문이지. 고발을 할 것도 아닌데, 인터넷에 떠도는 이야기를 직접 조사할 이유는 없지요."

노형진은 히죽 웃으며 말했다.

그리고 한마디 덧붙였다.

"아이고, 그리고 보니 요즘 그 PD들에 대한 인터넷 글이 엄청 많아지던데. 거기에 화이트리스트가 있다고 해도 대부분 믿을걸요."

"너…… 너 이 자식!"

결국 사장 한 명이 발끈하면서 일어났다.

"위협하는 거야?"

"위협은 뭘 해 달라면서 협박하는 거고요. 전 우려가 섞인 말을 하는 겁니다. 화이트리스트가 돌면 자연히 이미지가 안 좋아질 테니까요."

"이……익…….'"

"아, 참고로 화이트리스트 자체는 내용의 특성상 명예훼손의 대상이 될 수가 없습니다. 아시죠?"

명예훼손의 조건이 성립하려면 그 사람에게 불리하거나 그 사람의 명예를 실추시킬 수 있는 내용이 있어야 한다.

따라서 그 사람들이 성 접대를 해서 우승한 거라는 식의 이야기는 분명 명예훼손의 대상이 되겠지만, 인터넷에서 이득을 주기 위한 목적의 PD들의 화이트리스트가 존재한다고 언급하는 것은 특정 대상의 이름을 밝히지 않는 이상 문제가 되지 않는다.

그 화이트리스트라는 것 자체가 돈을 주거나 성 상납을 했다는 의미는 아니니까.

물론 그 가능성은 충분히 품고 있을지도 모르겠지만 말이다.

"물론 앞서 터진 사건들이 있으니 네티즌들은 어떻게 생각할지 모르겠지만."

노형진은 더 이상 이야기하지 않고 일어났다.

"잠깐!"

노형진이 나가려고 하자 그런 그를 잡는 남자.

아까와는 다르게 화가 잔뜩 난 얼굴이었지만 그렇다고 이 대로 노형진을 보낼 수는 없었다.

"서 사장?"

"지금 저 녀석이랑 이야기를 하자는 거야?"

발끈하는 다른 사람들.

하지만 서 사장은 생각이 달랐다.

"지금 이 상황에서 화이트리스트가 있다는 소문이 돌면 사 람들의 의심에 확신만 더해 줄 뿐입니다."

"그건 그렇지만⋯⋯."

"우승한 애들이나 거기서 이득을 본 애들은 다 우리 애들 입니다. 그게 무슨 뜻인지 모르지는 않으실 텐데요? 이건 장 기적으로 보면 심각한 문제입니다."

"⋯⋯."

그 말에 다들 이를 빠드득 갈았다.

맞는 말이다.

PD 입장에서는 대형 소속사에 대놓고 싸움을 걸기 싫어서 그 소속사 애들에게 잘해 준 것이지만, 모르는 사람들이 봤 을 때는 어찌 되었건 갑은 방송국이니까 소속사에서 PD들에 게 돈을 주든 성 접대를 하든 했을 거라고 생각하기 쉽다.

그리고 그 타격은 그 프로그램에 출연했던 출연자들에게 아주 심각하게 다가올 것이다.

노형진을 노려보는 사람들.

마음에 들지는 않는다.

하지만 노형진의 말이 맞다.

"세상에는 작용과 반작용이 있는 법이지요."

누군가 접대를 하지 않아서 불이익을 받았다면, 살짝 양념을 치면 누군가는 접대를 해서 이익을 봤다고 몰아갈 수 있다.

그 경우 여러모로 곤란하다.

특히 여성 출연자라면 사실상 연예계에서 퇴출될 수도 있는 일이다.

"그래서 뭘 어쩌라는 거지?"

"간단합니다. 해당 PD들의 작품에 출연하지 않겠다."

"그 정도가 끝이라고?"

"네. 설마 제가 방송국이랑 전면전이라도 해 달라고 할 줄 아셨습니까?"

"으음……."

다들 잠깐 고민했다.

물론 방송국이 갑이기는 하지만, 사실 자신들 정도 되면 마냥 을도 아니다.

더군다나 문제가 있는 PD를 피하는 것은 방송국에서도 문제 삼을 수 없다.

"정말 딱 그거면 되는 건가?"

"그거면 됩니다."

"끄응……."

사장들은 고민에 빠졌다.

하지만 그 고민은 짧았다.

애초에 악마의 편집을 한다는 것 자체가 그다지 능력이 있는 PD는 아니라는 소리다.

그런 PD들 한두 명 날린다고 해서 자신들에게 피해가 올리 없다.

물론 자신들이 출연을 거부하면 무슨 일이 벌어질지는 모르지만.

'노형진이라는 존재와 싸우는 것보다는 확실히…….'

큰소리치기는 했지만 노형진이라는 존재는 부담스럽다.

정공법뿐만 아니라 변칙적인 공격도 잘하는 그를 자신들이 막아 내는 데에는 한계가 있다.

더군다나 그의 뒤에 있는 인터넷 방송국도 무시할 수가 없다.

대형 소속사라고 해서 신인이 없는 것도 아니고, 신인이 뜨기 위해서는 현재 인터넷 방송국의 힘이 절대적으로 필요한 것도 사실이다.

"그 정도라면 뭐……."

이 상황에서 어느 쪽의 가치가 큰지는 명명백백하다.

다들 수긍하면서 물러날 수밖에 없었다.

"그러면 잘 부탁드립니다."

애초에 자기편이 아닌 사람들이었기 때문에, 노형진은 그들에게 무리한 요구를 할 생각이 없었다.

하지만 그 작은 행동만으로도 관련 PD들은 퇴출을 피할 수 없으리라.

"그러면…… 가시면 됩니다. 다만……."

노형진은 비트박스의 대표인 유기호를 바라보았다.

"우리는 진지하게 할 말이 있지요? 그렇지요? 후후후."

유기호는 자리에서 일어나려다가 똥 씹은 얼굴로 도로 주저앉을 수밖에 없었다.

⚖️

저희 비트박스는 레일 군에게 벌어진 장도리의 명예훼손 행동에 대해 사과드립니다. 장도리는 자신이 실력에서 밀린다는 감정에 욱해서 해서는 안 되는 말을 내뱉었습니다. 블러드소울은 이번 사건에 관련하여 당분간 자숙의 시간을…….

비트박스의 홈페이지에 결국 떠오른 사과문.

기자들은 재빠르게 그걸 퍼 날랐고, 레일이 당했던 일은 PD의 악마의 편집으로 확정되었다.

"의외로 빠르게 사과하네."

"사과를 하지 않을 수가 없을 거야. 소송이 계속되면 결국 해당 방영분이 공개될 테니까."

문제의 PD의 목을 날리면 방송국이 해당 프로그램의 영상을 보호하면서까지 시간을 질질 끌 이유가 없어져 버린다.

그러니 그냥 모든 것을 PD에게 떠넘기고 꼬리를 잘라 버리는 게 방송국에 유리하다.

"그걸 아니까 공개하기 전에 먼저 재빨리 사과한 거지."

"그러면 레일은 일단 재기할 수 있는 거야?"

"일단 비트워의 출연권은 확보했으니까."

비트박스에서 가지고 있던 출연권을 레일에게 넘기는 조건으로 노형진은 합의해 줬고, 비트박스는 그 대신 블러드소울을 자숙시키기로 했다.

"말이 자숙이지, 사실상 멤버 세 명을 빼고 아예 새로 짜게 될 거야."

"어째서?"

"그 녀석들 과거가 걸린 모양이더라고."

"아하!"

아무리 그들이 외모가 되고 인기도 좋다지만, 2차를 나가던 호스트바 출신이라는 사실이 밝혀지면 그때는 어마어마한 타격이 돌아온다.

"차라리 지금은 광고도 별로 없으니까 그들을 바꾸는 선에서 처리하는 게 최선인 거지."

"그러면 재기는 못 하겠네?"

"못 하겠지."

노형진은 어깨를 으쓱했다.

물론 그 세 사람이 재기하려고 다른 곳을 기웃거릴 수는 있다.

"하지만 바보가 아닌 이상에야 그들을 다시 쓰는 사람은 없을 거야."

"PD들도 모조리 날아갔으니까 말이지?"

"그래."

"그런데 PD들이 그와 관련된 말이 나오지 못하게 막으려고 하지는 않을까?"

"못 할걸. 애초에 신체 포기 각서가 효과가 없는 이유가 뭔데?"

기본적으로 그 자체가 불법인 각서나 계약서는 썼다고 해도 법적으로 아무런 효과도 없다.

"다시 말해서, 저들이 내부에서 발생하는 불법행위를 외부에 발설하지 않는다는 계약은 효과가 없다는 거지."

"그래도 악마의 편집 자체가 사라지지는 않을 것 같은데."

"최소한 사심은 없겠지. 진짜 사람이 죽을 정도로 심하게 하지도 않을 테고."

"사심이 없다라……"

"악마의 편집을 할 수 있는 가능성은 분명히 존재해. 그런데 그걸 알면서도 PD한테 안 좋은 모습을 보인다면, 그건 악마의 편집이 아니라 진짜 그가 성격이 안 좋은 게 아닐까?"

"아, 그런가?"

"그렇지."

물론 여전히 다른 곳에서 뇌물을 받고 한쪽을 띄워 줄 수는 있다.

아니, 이미 그런 일들이 벌어지고 있을 것이다.

"하지만 엉뚱한 사람의 인생을 망가트리지는 않겠지."

"화이트리스트는 어쩔 수 없지만 블랙리스트는 막을 수 있다는 거구나."

"그래."

물론 모든 것을 공정하게 해결할 수 있으면 좋겠지만, 노형진도 그게 불가능하다는 것은 안다.

"최소한 돈이 없다고 인생 자체가 망가지는 일은 없겠지."

노형진은 느긋하게 의자에 기대며 말했다.

"그리고 그 정도면 일단은 충분하고 말이지."

"일단은?"

"응, 일단은. 미래는 더 좋아질 테니까."

그게 노형진의 작은 희망이었다.

"여기까지 와 주셔서 감사합니다."

"별말씀을요. 그런데 저한테까지 도움을 청하시다니, 꽤 큰 문제인가 보군요."

미국에 있던 엠버가 도움을 청해 오자 노형진은 다급하게 미국으로 날아갔다. 미국 변호사가 아닌 노형진에게 도움을 청할 정도면 상당히 심각한 문제라는 소리였기 때문이다.

손채림 역시 그 사건에 대해 도움을 줄 생각으로 팀원으로서 따라왔다. 공식적으로 미국의 드림 로펌이 한국의 새론에 도움을 청한 사건이니까.

"사실은 사건이 하나 있는데, 문제가 있습니다. 상대방이……."

"엄청난 부자인 모양이군요."

"그걸 어떻게?"

"단순히 법률적인 문제라면 저를 부를 이유가 없지요."

법률적 조언 정도라면 전화나 이메일을 통해서도 충분히 해결할 수 있는 일이다.

하지만 엠버는 노형진에게 다급하게 와 달라고 했다.

그것도 비밀리에.

"사실은 전에 노 변호사님이 부자들의 사건을 해결한 것 때문에 연락드렸습니다."

"부자라……."

노형진은 눈을 살짝 찡그렸다.

확실히 노형진이 미국에서 유명한 사건 두 개를 해결하긴 했다. 그리고 그 두 개는 미국에 어마어마한 파장을 불러일으켰다.

"혹시 그때 드림 로펌이 투자한 게 문제가 된 건가요?"

"그건 아닙니다."

드림 로펌은 그 사건으로 어마어마한 투자 수익을 올렸다.

일반적으로 로펌이 투자하는 게 특수한 경우이기는 하지만, 어찌 되었건 미국의 경제가 흔들릴 정도의 사건이었으니까.

"그러고 보니 너도 그거로 적잖이 벌었잖아."

"그건 그렇지."

노형진도 고개를 끄덕거렸다.

이제는 현재 자산이 얼마 정도인지 감도 안 잡힐 지경이다.

이것이 법이다

"그게 아니라면 무슨 일 때문에 그러시는 거죠?"

"그 사건이 모두 우리 드림 로펌을 통해 해결되어서 그런지 사건이 하나 들어왔는데, 저희로서는 상당히 곤혹스럽습니다."

"곤혹스럽다?"

"네, 전에 노 변호사님이 말씀하신 적이 있지요, 진짜로 억울한 경우라면 무상으로라도 변호를 해 주라고."

"네, 기억합니다."

새론과 마찬가지로 드림도 그러한 변론을 하라고 했다.

물론 새론과 드림은 전혀 다르다.

새론은 그런 목적이 우선시되는 로펌이고, 드림은 노형진에게 가는 비용 중 일부로 그 비용을 충당하는 구조다.

"그래서 이번 사건이 중요하다고 생각합니다. 그리고 노 변호사님이 말한 경제적 사건에도 중요하다고 보이고요."

"그래요?"

노형진은 고개를 갸웃했다.

'이 시기에 그런 사건이 있었나?'

아무리 생각해도 그런 사건은 없었다.

그는 사건을 해결함으로써 경제적 파란을 일으켜 수익을 낼 수 있는 사건을 찾아 최대한 기억을 더듬었다.

하지만 올해는 앞의 두 사건 말고는 그런 사건이 없었다.

그렇다면 그가 모르는 사건이라는 건데.

"무슨 사건입니까?"

"혹시 어플루엔자라고 아십니까?"

노형진은 눈을 찡그리면서 되물었다.

무슨 병인지 안다.

아니, 병이라고 해야 하나?

하여간 그 단어 자체는 노형진이 좋아하는 단어는 아니었다.

"어플루엔자?"

"그게 뭐야? 무슨 질병에 관한 말이야? 인플루엔자 그런 건가?"

손채림은 처음 듣는 말인 듯 고개를 갸웃하면서 물었다.

하지만 노형진은 그 단어를 알고 있었다.

"부자병 말씀이군요."

"아시나요?"

"알죠."

어플루엔자Affluenza.

미국의 극단적 자본주의가 만들어 낸 병.

아니, 사실 병이라고 보기도 애매하다.

"그게 무슨 병인데? 전염성이야?"

"진짜 병이 아니야."

노형진은 어플루엔자라는 것에 대해 설명해 줬다.

"어플루먼트Affluent와 인플루엔자Influenza를 결합해서 만들어 낸 말이야. 한국말로 표현하자면 '부자병'이라는 거지."

"부자병?"

"한국 재벌들이 걸리는 병과 비슷해. 극단적인 풍요로움 때문에 발생한다고 하는 일종의 정신병이야. 아니, 정신병이라고 주장하고 있지."

"재벌들이 많이 걸릴 것 같은 병이네."

"맞아."

노형진은 고개를 끄덕거렸다.

엠버도 곤혹스러운 듯 조심스럽게 말했다.

"그래서 전화드린 겁니다. 사건이 하나 들어왔는데, 상대방이 어플루엔자를 들고나왔습니다."

"곤혹스럽겠네요."

"아무래도 그렇지요."

"어째서? 그게 문제야?"

"문제지. 사실 그건 질병이 아니거든. 극단적 자본주의가 낳은 핑계지."

노형진은 한숨을 푹 쉬었다.

그도 그 어플루엔자라는 것에 대해 알고 또 그런 놈과 싸워 봤다. 그리고 그게 얼마나 개소리인지도 알고 있다.

"뭐?"

"우리나라를 기준으로 보면 그런 놈들이 많지. 전에 나와 싸운 재벌 회장도 그렇고."

"그런데?"

"문제는 한국은 그런 게 인정되지 않지만 미국은 아니라는 거야."

한국은 유전무죄 무전유죄를 공식적으로 인정하지 않는다.

물론 판례는 전혀 그렇지 않지만, 어찌 되었건 공식적인 입장은 인정하지 않는다는 거다.

"하지만 미국은 극단적인 자본주의국가야. 그리고 그 극단적 자본주의국가라는 건, 결국 돈이 모든 것에 통용된다는 거지."

심지어 로비스트조차 합법인 나라다.

돈이 안 통할 리 없다.

"어플루엔자는 공식적으로는 부자들이 걸리는 특유의 정신병이지. 하지만 현실적으로는? 유전무죄 무전유죄의 대표적인 변명이지."

"뭐어?"

"왜 어플루엔자라는 정신병명이 붙었는데?"

정신적 질병은 처벌의 대상이 아니다.

그리고 어플루엔자는 공식적으로는 정신병으로 분류된다.

그 말이 뜻하는 건 간단하다.

"돈이 있으면 자신이 저지른 범죄에 대해 어플루엔자라는 병명을 주장할 수 있다는 거지."

"잠깐, 그러면 미국에서는 돈만 있으면 당당하고 합법적으로 풀려날 수 있다는 거야?"

"맞아."

사실 어플루엔자니 뭐니 해도, 그들의 범죄 내용을 보면 사이코패스나 소시오패스라고 봐야 한다.

부자라고 해서 그들이 다 정신 나간 범죄자가 되는 것은 아니니까.

"그런데 그들은 어플루엔자라는 질병의 대상이 되는 거지."

소시오패스나 사이코패스는 격리 대상이자 범죄 처벌의 대상이다. 그러나 어플루엔자는 질병이고 치료 대상이다.

"그냥 극단적인 자본주의의 본모습인 거야. 돈이 있으면 처벌하지 않고 풀어 주기 위한 합리적인 방법인 거지."

"더럽네."

눈을 찌푸리는 손채림.

설마 그런 게 있을 줄은 몰랐던 것이다.

"그게 공식적으로 인정된다고?"

"응."

로비스트들은 막대한 돈을 들여서 판사들을 주물렀고, 어플루엔자라는 정신병이 인정받게 만들었다. 그리고 이제 부자들은 어플루엔자라는 질병을 핑계로 합법적으로 처벌을 면하고 있다.

"물론 민사까지 막지는 못해. 하지만 이 정도 주장을 할 수 있는 자들이 민사 때문에 고생할 거라고 생각해?"

그럴 리 없다. 그 정도 재력을 가진 사람이라면 민사에서 주는 돈은 푼돈이나 마찬가지다.

"더군다나 이건 법원에서 인정한 정신병이거든."

"그런데? 그게 민사에 무슨 문제가 있어?"

"있지, 아주 심각한."

"어떤 문제?"

"정신병이잖아. 미국의 가장 강력한 무기인 징벌적 손해배상의 대상이 되지 않아."

"징벌적 손해배상의 대상이 안 된다고?"

"그래."

정신병이니까.

그건 통제할 수 없는 부분이니까.

징벌적 손해배상은 알고 있으면서도, 통제하고 멈출 수 있으면서도 탐욕 때문에 일을 저질러서 받는 민사적 처벌이다.

하지만 정신병으로 판단되었기에 징벌적 손해배상의 대상이 되지 않는다.

'그게 문제지.'

실제로 미국의 모 재벌의 아이가 사람을 다섯 명을 치어 죽인 적이 있었다. 그는 이 어플루엔자 때문에 최소한의 처벌을 받았음에도 불구하고 처벌을 피해 멕시코로 도주하기까지 했다.

'그럼에도 불구하고 잡혀 왔을 때 그는 고작 2년간 징역을 살았지.'

무려 다섯 명이나 죽이고 말이다.

물론 민사로 손해배상 청구를 받아서 배상해 주기는 했다.

천만 달러. 한국 돈으로는 대략 110억.

어마어마한 돈 같아 보이지만…….

'피해자가 다섯 명이니까.'

그가 치어 죽인 다섯 명에 대한 총배상금이 약 110억이다.

미국의 환율과 기존의 판례를 보면 기존의 배상금보다 조금 더 높은 수준이지, 그가 부자로서 범죄를 저지른 것에 대한 충분한 처벌적 손해배상은 되지 않는다.

"징벌적 손해배상이 아닌 일반적 배상을 기준으로 할 때 부자들이 주는 돈이 적은 건 아니겠지만, 그들에게 타격을 준다는 건 사실 의미가 없지. 만일 내가 과속을 해서 10만 원짜리 딱지를 뗀다고 하면 그게 나한테 무슨 의미가 있겠어?"

"어…… 그러네. 부자들에게는 그런 부분은 그다지 피해가 없겠구나."

"그래. 사실 어플루엔자라는 것은 극단적인 부자 위주의 정책이 만들어 낸 법의 어두운 면이지."

노형진은 안타깝다는 듯 말했다.

"미국, 생각보다 개판이네."

"미국만의 문제가 아닐 텐데?"

"뭐?"

"일전에 했던 한국의 모 재벌집 사모님 사건 기억나?"

"재벌집?"

"그래, 그 청부 살해했던."

"아아, 기억나. 내가 한 건 아니지만 주요 사건 기록은 봤으니까."

남영사료 사건.

사람을 죽여 놓고도 법적인 약점을 이용하여 떵떵거리면서 세상에서 편하게 살던 사건.

"그 사건, 우리가 해결하지 않았어?"

"했지. 정확하게는 했었지."

"했었다?"

"그래."

법의 약점을 이용해서 편하게 살던 그 사건의 주범은 감옥에 가 있기는 하다.

"처음에는 제법 삼엄한 교도소로 이송해 갔지. 시설도 열악하고 말이야. 아무래도 사회적인 시선이 있었으니까. 하지만 우리나라 정치인이나 경제인들이 절대적으로 믿는 거 있잖아."

"그게 뭔데?"

"한국인들의 냄비 근성. 좀 잠잠해지니까 제일 좋은 교도소로 옮겨 갔어."

노형진은 질려 버렸다는 듯 고개를 흔들었다.

다시는 재기하지 못할 정도로 확실하게 몰락시켰다고 생각했다. 하지만 이제 와서 생각해 보니 어설프게 사건을 마무리한 부분이 있었던 것이다.

"확실하게 몰락했다고 생각했는데 말이지. 한국에 이런

말이 있잖아, 부자는 망해도 3대는 간다고."

도대체 빼돌린 돈이 얼마나 많은 건지 경영에서 쫓겨나고 지분이 그렇게 줄어들었음에도 불구하고 그들은 떵떵거리면서 살 수 있었다.

"망했다고 해서 인맥이 사라지는 건 아니니까. 적지 않은 뇌물을 뿌린 모양이더라고."

사실 전처럼 다시 빼내려는 시도는 있었다.

하지만 노형진이 그 사건 때문에 뒷북 뉴스를 만들었고, 그곳에서 계속 관심을 가지고 살폈기 때문에 결국 빼내지는 못했다.

"지금은 가장 편한 감옥에서 살고 있지."

"뭐라고?"

"법적인 한계야. 우리가 교도소를 지정할 수는 없잖아. 거기에다 뒷북 뉴스에서 때린다고 해도 말이지, 법적으로 감옥에 가 있는 사실은 맞거든"

그러한 사실은 뉴스화해 봐야 잠깐 사회에 분노를 일으킬 수는 있지만 정부나 교정 당국이 반성하거나 그녀가 다른 교도소로 갈 만한 정도의 충격은 주지 못한다.

"우리나라 냄비 근성은 정치인들과 부자 범죄자들의 가장 든든한 버팀목 아니겠어? 거기에다 그 뉴스만 때릴 수도 없고."

씁쓸하게 웃는 노형진.

"결국 잊힌다 이건가?"

"유전무죄 무전유죄는 한국에서도, 미국에서도 벌어지는 거지."

"으음······."

묘한 표정이 되는 손채림.

그 말을 듣고 있던 엠버는 왠지 어두운 얼굴이 되었다.

어쩌면 국가와 상관없이 자본주의를 표방하는 나라에서는 벌어질 수밖에 없는 사건인지도 모른다.

"어플루엔자라. 웃기네. 부자병이라니."

"사실 그것도 논문을 곡해한 거지만."

"얼씨구?"

그나마도 진짜 부자병이 아니라 곡해라니?

"원래 심리학적으로 발표된 어플루엔자는 진짜 부자의 범죄를 보호하는 게 아니라 일종의 과소비 관련 질병이야."

끊임없이 풍요를 추구하다 보니 그로 인해 발생하는 정신병이 어플루엔자다.

쉽게 말해서 더 좋은 것을 사고 더 좋은 곳에서 살며 더 좋은 것을 먹고 싶은데 그러지 못하니까 정신적 스트레스가 쌓이고, 그로 인해 과도한 과소비나 우울증 그리고 빚 등이 생기는 증상을 어플루엔자라고 했다.

"'원래는' 말이지."

"뭐야? 그건 부자들하고는 전혀 상관없잖아!"

재산이 수백억, 수천억인 사람들이 그런 걸 겪을 일이 없지 않은가?

"그래서 내가 말하는 거야. 부자들을 풀어 주기 위해 곡해하는 거라고."

아예 돈이 없는 사람들은 그런 게 오지도 않는다.

포기해 버리니까.

하지만 돈이 있으니까 더 좋은 걸 추구하다 보면 그런 게 오는 것이다. 그리고 그 스트레스를 슬쩍 가해자와 결부시켜서 정신이상으로 풀어 버리는 것이 재판부의 방식이었다.

'어플루엔자 사건이라면…… 내가 모를 수도 있겠군.'

극단적 자본주의국가인 미국이지만 이런 어플루엔자 사건은 사실 좀 부끄러운 단면이다.

그래서 시중에 드러나지 않는 경우가 대부분이다.

아마 대부분의 사람들은 어플루엔자가 뭔지도 모를 것이다.

"어플루엔자가 문제라고 하니 그 상대방이 부자겠군요. 정확하게 무슨 사건입니까?"

"리키 오쇼라는 사람을 아십니까?"

"리키 오쇼?"

노형진의 표정이 묘해졌다.

"왜 그러시나요? 설마 개인적으로 아는 사이인가요?"

"아니요. 개인적으로 안다기보다는…… 저는 그 사람을 알지만 그 사람은 저를 모른다고 해야겠네요."

노형진은 머리를 흔들면서 중얼거렸다.

'그 이름을 여기서 듣게 될 줄은 몰랐는데.'

리키 오쇼.

그는 미국 법률계의 거두다.

그가 가진 로펌의 규모는 어마어마해서, 미국 전역에 지점
이 있고 거기서 일하는 변호사만 1만 명이며 그 외의 근무자
는 무려 4만 명이 넘는다.

'그리고 내 과거, 아니 미래의 상관이었지.'

회귀 전 노형진이 미국으로 넘어왔을 때 일한 곳이 바로
리키 오쇼의 로펌인 오쇼 로펌이었다.

'그런데 어플루엔자라…… 그런 건 못 들었는데. 하긴, 당
연한 건가?'

다른 것도 아니고 법률계의 거두를 대상으로 소송을 걸었다.

그가 어플루엔자로 보호를 받는 것은 어려운 일이 아니었
을 테고, 그걸 법률계에서 떠들 이유도 없다.

'큰 건이기는 하지만, 또 위험한 건이기도 해.'

엠버가 조심스럽게 미국으로 와 달라고 할 만한 사건이다.

리키 오쇼를 적대한다는 것은 그만큼 위험하다.

그것도 로펌이 말이다.

"흠…….'

"누군지 아시니 제가 이 사건의 위험성을 굳이 말하지 않
아도 되겠네요."

"충분히 알겠습니다, 얼마나 위험한 건지."

"난 모르겠는데?"

손채림은 어리둥절하게 물었다.

하긴, 그녀가 미국 법률계의 거두를 알 리 없다.

"간단하게 표현하자면, 한국에서 새로 변호사가 된 새내기 변호사가 너희 아버지를 물고 늘어지는 수준이라고 보면 되는 거야."

"그건 자살인데?"

"맞아. 자살이지."

드림이 나름 빠르게 성장하고 있지만 오쇼 로펌과는 비교할 수도 없다. 오쇼 로펌은 미국의 5대 로펌 중 하나니까.

"그리고 미국의 특성상, 변호사들이 로비스트도 같이하는 경우가 많지."

"뭐? 그러면 그 사람도 로비스트라는 거야?"

"가장 큰 로비스트지. 로비 단위가 아마 100만 달러 이하로는 안 떨어질걸. 그것도 최소한 말이지."

"한 건당 100만 달러……."

"한 건당 100만이 아니라 한 회당 100만이야."

"뭐?"

"오늘 100만 주고 내일도 100만 주는 정도의 급이라는 거지, 같은 건에 따라서. 아마 큰 건 1천만 달러짜리도 제법 있을걸."

"끄응…… 이건 자살행위 정도가 아니라 그냥 자폭인데."

지금도 변호사로서의 업무보다는 로비스트의 일에 더 집

중하고 있을 것이다.

그게 훨씬 돈이 되니까.

애초에 사업을 운영하다 보면 재판보다는 로비에 집중하는 게 사업체에 유리하기도 하고.

"리키 오쇼라고 하면 너무 위험하군요. 그런데 확실한 겁니까? 아니, 확실하니까 그쪽에서 어플루엔자를 들고나왔겠군요."

아니면 무죄를 주장했을 테니까.

"네."

"그러고 보니 정작 무슨 사건인지 듣지를 못했군요. 무슨 사건인가요?"

작은 사건은 아닐 것이다.

재산적 사건이라면 충분히 틀어막을 수 있는 사람이니.

'아동 성범죄? 아니야, 그는 그런 취향이 아니었어.'

자신의 기억이 맞는다면 그는 사실 누님 취향이다.

작은 체구의 아이들에게는 관심이 없었다.

소위 말하는 쭉빵을 더 선호했다.

'그러면 뺑소니? 그것도 아니야. 운전기사가 있는데 그럴 리 없지.'

당연히 강간 같은 것도 아닐 것이다. 그의 능력이면 법원에서 떨어지는 배상액보다 더 많은 돈을 줄 수 있으니까.

그러면……

"폭행이군요."

"네?"

"누군가를 폭행한 모양이군요. 그리고 피해자가…… 아마 재기 불능이 될 정도로."

"그걸 어떻게 아신 거죠?"

엠버는 깜짝 놀란 표정이 되었다.

말도 안 했는데 무슨 사건인지 알아내다니.

"간단하죠. 그는 재산이 있으니 재산 관련 사건은 아닐 겁니다. 그리고 아까도 말했지만 그를 개인적으로 조금 압니다. 그는 성적으로는 문제를 일으킬 만한 사람은 아니에요. 물론 여자 좋아하는 건 어쩔 수 없지만, 최소한 강간을 할 필요는 없는 사람이지요. 하지만 몇몇 사건들은 어플루엔자로 실드를 칠 수가 없죠. 그렇다면 그걸로 실드 치는 것이 가능하고 상대방이 절대로 용서하지 않을 사건. 그건 아마 폭행 사건일 거라 생각했습니다. 제 기억이 맞는다면 그 사람, 가끔 욱하거든요."

좋게 말해서 욱하는 거지, 가끔은 변호사에게도 주먹질을 하곤 했다.

물론 변호사들이 물어뜯을 수 있기는 하지만…….

'갑질이라는 게 미국이라도 다를 바가 없지.'

그의 힘이면 자신을 고소한 변호사를 묻어 버릴 수 있다.

그러니 어떤 변호사나 직원도 찍소리도 내지 못했다.

"피해자는 일단 변호사는 아닐 테고."

"신기하네요. 한마디도 안 했는데 다 알아내시다니."

"뭐, 개인적으로 알다 보니 예상이 되네요. 그나저나 피해
자는 누굽니까?"

"배관공요."

"배관공?"

"네, 그의 집에 수리하러 갔던 배관공요."

어느 날 그의 집의 배관이 막혔다.

"그런 일은 흔하게 벌어지지 않습니까?"

한국에 없는 배관공이라는 직업이 미국에 있는 데에는 다
이유가 있다. 미국 건물 중 오래된 건물들은 배관 상태가 영
안 좋으니까.

"배관을 수리하러 갔는데 작은 트러블이 있었나 봐요."

미국에서 흔한 것이 배관과 연결된 음식물 분쇄기다.

그런데 그게 오래되어서 문제를 일으킨 것이다.

"그런데요?"

"그게 문제예요. 그 이유를 몰라요. 우리가 아는 건 리키
오쇼가 배관공이 가지고 온 렌치로 그의 머리를 후려쳤다는
것뿐이에요."

무슨 트러블이 있었는지 알 수는 없다.

"그래서 배관공은 현재 혼수상태예요. 리키 오쇼는 그걸
어플루엔자로 덮고 가려고 하고 있고요. 우리 쪽에 그 배관
공의 아내가 찾아왔어요."

리키 오쇼라는 이름을 들은 모든 변호사들이 사건을 거절

했는데, 때마침 드림이 부자들을 상대로 소송에서 연승하자 혹시나 하는 마음에 찾아왔다는 것.

"심각한 문제이기는 하네요."

노형진은 입을 꾸욱 다물었다.

엠버가 자신을 부른 이유는 알 것 같다.

하지만 여러모로 걸리는 게 많다.

"일단 이 사건에서 문제가 되는 첫 번째는, 경제적 사건이라고 하지만 우리에게 떨어지는 이득은 거의 없을 거라는 겁니다."

경제 사건이라고 표현을 하기는 했지만 부자들을 뒤흔들고 그 후에 주식으로 수익을 챙기는 것이 방식이다.

그런데 리키 오쇼는 부자이기는 하지만 경제인이 아니다.

그가 잡혀가 봐야 흔들릴 주식은 거의 없다.

"두 번째는, 아시겠지만 지금의 리키 오쇼는 우리가 건들기에는 너무 거물이라는 겁니다. 아마 그의 로비력은 미 대통령에게까지 닿아 있을 겁니다."

"저도 그렇게 생각해요."

엠버도 노형진의 말에 동의했고, 손채림은 질린 표정이 되어 버렸다.

"이건 완전 괴수 수준이네."

"그 이상이지. 세 번째 문제는, 우리가 그 사건에 대해 아는 게 없다는 거야."

리키 오쇼가 그를 왜 공격했는지 알 수가 없다.

"관련 서류는 없나요?"

노형진의 질문에 고개를 흔드는 엠버.

"아직 경찰의 조사 결과가 안 나왔어요."

"그걸 일단 받아 봐야겠군요."

"믿을 수 있을까요?"

"전혀요."

리키 오쇼 정도 되면 경찰이 그를 위해 사건 자체의 조사를 뒤바꿀 수도 있다. 그런 일이 아예 없는 것도 아니고 말이다.

"하지만 거기에는 리키 오쇼의 입김이 들어갔을 테니, 뭘 감추려고 하는지 예상할 수는 있겠지요."

"아하!"

"현장에 카메라는 없다고 할 테고."

그런 건 기대도 하지 않는 편이 좋다.

물론 있기는 할 것이다.

하지만 이미 철거했을 것이다.

증거인멸?

그걸 인정해 줄 리 없다.

"역시 받아들이겠지?"

손채림은 기대에 찬 눈빛으로 바라보면서 말했다. 지금까지 노형진이 싸움을 피한 적이 없었으니까.

하지만 이번에는 그녀의 예상이 빗나갔다.

"아니, 거절해."

"뭐?"

"네?"

"상대는 리키 오쇼입니다. 아무리 드림이라고 해도 힘든 대상입니다. 사실 미다스와 마이스터를 동원해도 안될 겁니다."

변호사이기 이전에 그는 로비스트고, 그를 보호하기 위해 미국의 정치권이 움직일 테니까.

"어떤 식으로든 우리가 그 사건을 받아들였다는 흔적이나 증거가 나가면 우리는 끝장이야."

"지금까지는 몰래 잘해 왔잖아?"

"네, 솔직히 전 노 변호사님이 받아들일 줄 알았어요."

"저도 어지간하면 받아들입니다. 하지만 이건 안 됩니다. 우리가 상대하는 건 리키 오쇼가 아니라 미 정부라고 봐야 합니다. 미국 정보국의 정보 라인을 속이고 우리가 뒤에서 작전을 짤 수 있을까요? 전 무리라고 보는데요."

두 사람은 침묵을 지켰다.

노형진의 말대로다. 기업이나 다른 경쟁사의 시선은 피할 수 있겠지만, 미 정보부의 시선을 피하며 리키 오쇼를 공격할 방법은 없다.

"그러면 리키 오쇼는 풀려나겠네요."

"아마도요. 우리가 해 줄 수 있는 건 그 피해자 가족에게 최대한 많은 보상금이 가게 해 주는 정도입니다. 그 정도는 리키 오쇼도 각오하고 있을 겁니다. 딱히 적대하지도 않을 거고요. 도리어 적절히 끊어 줬다고 생각할 수도 있지요."

"아……."

안타까운 마음에 한숨을 내쉬는 손채림.

그리고 어쩔 수 없다는 듯 어깨를 으쓱하는 엠버.

그녀는 측은한 마음도 있지만 현실을 알고 있기 때문에 쉽게 수긍했다.

"연락해서, 우리가 중간에서 협상을 진행하겠다고 할게요."

"네, 그러세요."

엠버는 사무실 바깥으로 나갔다.

손채림은 살짝 실망한 눈치로 노형진에게 물었다.

"진짜로 방법 없어?"

"없어. 애초에 이건 싸움이 될 수 있는 게 아니야."

"결국…… 법에는 한계가 있구나."

안타까운 얼굴이 되는 그녀.

"법이 완벽하지는 않아. 결국 끊임없이 고쳐 가야지."

"그러면 응징은 불가능한 거야?"

"아니, 그건 가능해."

"뭐? 아까는 불가능하다며?"

"법적으로는 불가능해. 이건 절대로 못 이겨. 하지만 법이 아닌 다른 거라면 이길 수 있어."

"어떻게? 그런 게 가능해?"

"가능해. 다른 사람이라면 몰라도 나라면 말이지."

변호사도, 미다스도 아닌 노형진 개인이라면 방법이 있다. 리키 오쇼 아래에서 일했고, 그가 했던 일을 대충이나마 알고 있으니까.

'그리고 그의 가장 강력한 적을 알고 있지.'

노형진은 조용히 왼쪽 뺨을 스윽 문질렀다.

'웃기는군. 이번 생에서는 맞은 적도 없는데 피 맛이 나는군.'

왠지 황당하다는 생각에 노형진의 입가에 묘한 미소가 피어올랐다.

다음 권으로 이어집니다

200평 초대형 24시 만화방

- 수면실 (침대식)
- 사우나석
- 다인석
- 샤워실
- 세탁기
- 신간100%

📖 수원 인계동점

- 나혜석거리
- 농협
- CGV
- 수원시청역 ⑧
- 무비 사거리
- 소주한잔 건물 **24시 만화방 3F**
- 홍콩반점
- 홈플러스

TEL : 031-226-3771
수원시 팔달구 인계동 1041-11 3층 24시 만화방

📖 의정부점

- 의정부역 ④ ⑤
- 흥선지하도
- ◀ 서울방향
- 진성약국
- 던킨도넛츠
- **24시 만화방 3F**

TEL : 031-856-3971
경기도 의정부시 의정부동 197-13 3층

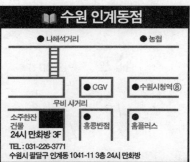

📖 주안점

- 주안 남부역
- ◀ 제물포
- 민병철 어학원
- 간석동 ▶
- **25시 만화방 6F**

TEL : 032-426-2871
인천광역시 주안남부역 지하상가 4번 출구 GS25시 건물 6층

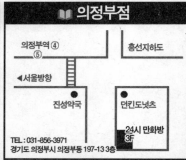

📖 안양점

- 안양역
- 육교
- ◀ 관악역
- 명학역 ▶
- 농협
- **24시 만화방 2F**
- 안양일번가

TEL : 031-466-3771
경기도 안양시 안양동 674-163 죠이당구장건물 2층

허원진 퓨전 판타지 장편소설

아빠는 그냥 강해